안녕하세요 한국어.
잘 부탁합니다.

★ 獻給想要馬上說韓語的您 ★

# 溜韓語
# 中文就行啦

金龍範◎著

U0073313

山田社韓文教材策劃組監修

## 前言
### Preface

我就是要有韓語跟中文發音的光碟
這樣就可以「聽到哪，學到哪」！
「走到哪，學到哪」！
為此！
中韓朗讀版的《溜韓語 中文就行啦》出輕便本囉！

**「說韓語很多時候，好像在跟我們祖先對話」有人這麼說。**
**的確，我們學韓語跟日本人一樣，可以學得又快又好。**

　　看韓劇古裝劇的時候，是不是看到王公貴族的書信都是用漢字寫的。原來公元1世紀的時候，漢字從中國傳到了僅隔一條鴨綠江的朝鮮半島，成為韓國的文字。其實，因為韓國就在中國隔壁，不僅文字，在各方面都深深地受到中國文化的影響。中國、日本、韓國還被稱為「筷子文化圈」呢！也因為這樣，我們跟日本、韓國才會特別容易溝通、交流。

　　韓語有70%是漢字詞，是從中國引進的，發音也是模仿了中國古時候的發音。也就是說，只要用中文（特別是台語）來拼韓語發音，然後多聽、多說，一樣可以把韓語說得嚇嚇叫！我們看：

| 韓語 | 拼音 | 中譯 | 唸法 |
|------|------|------|------|
| 「감사」 | kam sa | 感謝 | 感謝（台語） |
| 「학생」 | hak saeng | 學生 | 學生（台語） |
| 「공무원」 | kong mu won | 公務員 | 公務員（台語） |

《溜韓語中文就行啦》有6個好㊣、6大保㊣的理由，讓您非買不可：

㊣ 中文拼音搶先唸　　　　　　㊣ 生活、旅遊必遇場景通通有
㊣ 羅馬拼音好貼心　　　　　　㊣ 替換單字真好用
㊣ 精挑細選韓國人常用句型　　㊣ 實用生活例句，任您趴趴走

　　《溜韓語中文就行啦》徹底活用初級會話必備的句型，再從這些句型延伸出去來表達各種意思，活用在各種場合。可以輕易激發您的語言潛力，不知不覺脫口說韓語！用中文這樣說韓語，想不溜都很難！

# 目錄
## Contents

**第一部 韓國人最愛用的句型**

## 第二部　韓國人最愛說的會話

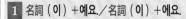

1　名詞 (이) +예요./名詞 (이) +에요.

　　(i) + ye yo ／ (i) + e yo
　　（衣）+也.喲 ／（衣）+愛.喲.
　　是…。

---

是母親。

eo meo ni ye yo
**어머니예요.**
喔.末.尼.也.喲.

---

是老師。

seon saeng ni mi ye yo
**선생님이에요.**
松.先.你.米.也.喲.

---

我是金美景。

gim mi gyong i e yo
**김 미경이에요.**
金母.米.宮.衣.也.喲.

是醫生。

ui sa ye yo
**의사예요.**
烏衣.莎.也.喲.

是首爾。

seo u ri e yo
**서울이에요.**
瘦.無.立.也.喲.

是電話。

jeon hwa ye yo
**전화예요.**
怎.化.也.喲.

是學生。

hak saeng i e yo
**학생이에요.**
哈.先.衣.也.喲.

是台灣人。

dae ma ni ni e yo
**대만인이에요.**
貼.滿.寧.你.也.喲.

**2** 名詞 ( 이 ) +예요?/名詞 ( 이 ) +에요?

（i ）＋ ye yo ／ （i ）＋ e yo
（衣）＋也.喲／（衣）＋愛.喲.
是…嗎？

是哪裡呢？

eo di ye yo
**어디예요?**
喔.低.也.喲.

是誰呢？

nu gu ye yo
**누구예요?**
努.姑.也.喲.

是什麼呢？

mwo ye yo
**뭐예요?**
某.也.喲.

是哪一個呢？

eo neu geo ye yo
**어느거예요?**
喔.呢.狗.也.喲.

---

是幾點呢？

myeot si ye yo
**몇 시예요?**
秒.細.也.喲.

---

是母親嗎？

eo meo ni ye yo
**어머니예요?**
喔.末.尼.也.喲.

---

是老師嗎？

seon saeng ni mi e yo
**선생님이에요?**
松.先.你.米.也.喲.

---

是韓國人嗎？

han guk sa ra mi e yo
**한국사람이에요?**
韓.哭.莎.郎.米.也.喲.

> **3** 形容詞（아／어／네）＋요.
>
> （a／eo／ne）＋yo
> （阿／喔／內）＋喲.
> 很…。

---

真遠啊。

meo ne yo
**머네요.**
末.內.喲.

---

好啊。

joh a yo
**좋아요.**
秋.阿.喲.

---

很高興。

gi ppeo yo
**기뻐요.**
幾.撥.喲.

很寂寞。

oe ro wo yo
**외로워요.**
威.樓.我.喲.

很快樂。

jeul geo wo yo
**즐거워요.**
<u>茄兒</u>.科.我.喲.

很有趣。

jae mi it ne yo
**재미있네요.**
切.米.乙.內.喲.

很甜嗎？

da ra yo
**달아요?**
打.拉.喲.

很辣嗎？

mae wo yo
**매워요?**
每.我.喲.

**4** 形容詞（아／어）+요？

( a ／ eo) + yo
（阿／喔）+喲.
很…嗎？

漂亮嗎？

i ppe yo
**이 뻐요？**
衣.撥.喲.

可愛嗎？

gwi yeo wo yo
**귀여워요？**
桂.有.我.喲.

很帥嗎？

meo si sseo yo
**멋있어요？**
摸.細.手.喲.

12

好吃嗎？

mas i sseo yo
**맛있어요?**
馬.細.手.喲.

---

很鹹嗎？

jja yo
**짜요?**
恰.喲.

---

很酸嗎？

syeo yo
**셔요?**
秀.喲.

---

很苦嗎？

sseo yo
**써요?**
瘦.喲.

---

（酒精度數）很高
嗎？

do kae yo
**독해요?**
吐.給.喲.

**5** 名詞 (가 / 이) +形容詞 (아/ 어) +요.

    (ka／i)          (a／eo) + yo.
    (卡/衣)          (阿/喔) +喲.
    …很…

---

皮膚真好。

pi bu ga jot ne yo
**피부가 좋네요.**
匹.樸.卡.秋.內.喲.

---

心情真好。

gi bu ni jo a yo
**기분이 좋아요.**
幾.布.妮.秋.阿.喲.

---

心情很差。

gi bu ni na ppa yo
**기분이 나빠요.**
幾.布.妮.娜.爸.喲.

味道很淡。

sing geo wo yo
**싱거워요.**
醒.科.我.喲.

電影很有趣。

yeong hwa ga jae mi i sseo yo
**영화가 재미있어요.**
用.化.卡.切.米.乙.手.喲.

旅行很快樂。

yeo haeng i jeul geo wo yo
**여행이 즐거워요.**
喲.狠.泥.仇.溝.我.喲.

果汁很甜。

ju seu ga da ra yo
**주스가 달아요.**
阻.司.卡.打.拉.喲.

泡菜很辣。

gim chi ga mae wo yo
**김치가 매워요.**
金母.七.卡.每.我.喲.

*15*

### 6 名詞 + 아파요.

a pa yo
阿.怕.喲.
…很痛。

---

這裡痛。

yeo gi ga a pa yo
**여기가 아파요.**
喲.幾.卡.阿.怕.喲.

---

頭痛。

meo ri a pa yo
**머리 아파요.**
末.里.阿.怕.喲.

---

肚子痛。

bae a pa yo
**배 아파요.**
配.阿.怕.喲.

背部痛。

deung a pa yo
등 아파요.
疼.阿.怕.喲.

---

手痛。

son a pa yo
손 아파요.
鬆.阿.怕.喲.

---

膝蓋痛。

mu reup a pa yo
무릎 아파요.
木.嚕樸.阿.怕.喲.

---

牙齒痛。

i ppar a pa yo
이빨 아파요.
尾.巴.阿.怕.喲.

---

胸部痛。

ga seum a pa yo
가슴 아파요.
卡.師母.阿.怕.喲.

### 7 名詞＋뭐예요?

mwo ye yo
某.也.喲.
…是什麼呢？

---

貴姓呢？

i reu mi mwo ye yo
**이름이 뭐예요?**
衣.輪.米.某.也.喲.

---

這是什麼？

i geo seun mwo ye yo
**이것은 뭐예요?**
衣.勾.孫.某.也.喲.

---

那是什麼？

geu geon mwo ye yo
**그건 뭐예요?**
哭.公.某.也.喲.

18

早餐是什麼？

a chim ba bi mwo ye yo
**아침 밥이 뭐예요?**
阿.七母.爬.比.某.也.喲.

興趣是什麼？

chwi mi ga mwo ye yo
**취미가 뭐예요?**
娶.米.卡.某.也.喲.

夢想是什麼？

kku mi mwo ye yo
**꿈이 뭐예요?**
姑.米.某.也.喲.

從事什麼工作？

i ri mwo ye yo
**일이 뭐예요?**
憶.里.某.也.喲.

有什麼特殊才藝？

teuk gi ga mwo ye yo
**특기가 뭐예요?**
特.幾.卡.某.也.喲.

## 8 名詞＋있어요？

i sseo yo
衣.手.喲.
有…嗎？

---

**有報紙嗎？**

sin mun i sseo yo
**신문 있어요?**
心.悶.衣.手.喲.

---

**有暈車藥嗎？**

meol mi yag i sseo yo
**멀미약 있어요?**
末兒.米.牙.衣.手.喲.

---

**有其他的顏色嗎？**

da reun saek kka ri i sseo yo
**다른 색깔이 있어요?**
打.輪恩.誰.咖.里.衣.手.喲.

---

---

這附近有餐廳嗎？

i geun cheo e re seu to rang i sseo yo
**이 근처에 레스토랑 있어요 ?**
衣.滾.醜.也.淚.司.偷.郎.衣.手.喲.

---

有小一點的嗎？

jom deo ja geun ge i sseo yo
**좀 더 작은 게 있어요?**
寸.逗.叉.滾.給.衣.手.喲.

---

有大一點的尺寸嗎？

deo keun sa i jeu i sseo yo
**더 큰 사이즈 있어요?**
透.肯.莎.衣.遲.衣.手.喲.

---

有其他的款式嗎？

da reun di ja i ni i sseo yo
**다른 디자인이 있어요?**
打.輪恩.低.叉.衣.妮.衣.手.喲.

---

有中文的手冊嗎？

jung gug eo pam peul le seun i sseo yo
**중국어의 팜플렛은 있어요?**
中.姑.勾.傍.普.淚.身.衣.手.喲.

---

**9** 名詞＋있어요.

i sseo yo
衣.手.喲.
有…。

有人受傷。

da chin sa ra mi i sseo yo
**다친 사람이 있어요.**
打.親.莎.拉.米.衣.手.喲.

有房間。

bang i sseo yo
**방 있어요.**
胖.衣.手.喲.

有直達車。

ji kaeng beo seu i sseo yo
**직행버스 있어요.**
幾.肯.波.司.衣.手.喲.

有休息時間。

hyu ge si ga ni i sseo yo
**휴게시간이 있어요.**
休.給.細.卡.妮.衣.手.喲.

有免税店。

myeon se jeo mi i sseo yo
**면세점이 있어요.**
妙.塞.走.米.衣.手.喲.

有座位。

ja ri i sseo yo
**자리 있어요.**
叉.里.衣.手.喲.

對藥物會過敏。

ya ge al le reu gi ga i sseo yo
**약에 알레르기가 있어요.**
牙.給.阿兒.涙.了.給.卡.衣.手.喲.

有發燒。

yeo ri i sseo yo
**열이 있어요.**
有.理.衣.手.喲.

### 10 名詞＋없어요.

ab seo yo
歐<u>不</u>.瘦.喲.
沒有…。

---

沒有情人。

yeo nin eop seo yo
**연인 없어요.**
有.您.歐<u>不</u>.瘦.喲.

---

沒有車票。

ti ke si eop seo yo
**티켓이 없어요.**
提.客.細.歐<u>不</u>.瘦.喲.

---

沒有要申報的東西。

sin go har geo neun eop seo yo
**신고할 건은 없어요.**
心.姑.哈兒.勾.嫩.歐<u>不</u>.瘦.喲.

---

沒有自由活動時間。

ja yu si ga ni eop seo yo
**자유시간이 없어요.**
叉.友.細.哥.妮.歐<u>不</u>.瘦.喲.

---

沒有抽煙場所。

heu byeon so neun eop seo yo
**흡연소는 없어요.**
乎.蘋.嫂.嫩.歐<u>不</u>.瘦.喲.

---

沒有會講中文的旅行團。

jung gu geo tu eo eop seo yo
**중국어 투어 없어요.**
中.姑.勾.禿.喔.歐<u>不</u>.瘦.喲.

---

沒有中文歌。

jung gu geo no rae neun eop seo yo
**중국어 노래는 없어요.**
中.姑.勾.努.雷.嫩.歐<u>不</u>.瘦.喲.

---

沒有食慾。

si gyo gi eop seo yo
**식욕이 없어요.**
細.叫.幾.歐<u>不</u>.瘦.喲.

> **11** 名詞＋얼마예요?
>
> eol ma ye yo
> 偶而.馬.也.喲.
> …多少錢？

---

這個多少錢？

i geo eol ma ye yo
**이거 얼마예요?**
衣.科.偶而.馬.也.喲.

---

小孩多少錢？

eo ri ni eol ma ye yo
**어린이 얼마예요?**
喔.里.妮.偶而.馬.也.喲.

---

對號座位多少錢？

ji jeong seog eol ma ye yo
**지정석 얼마예요?**
奇.窮.瘦.偶而.馬.也.喲.

| 住一個晚上多少錢? | il ba ge eol ma ye yo<br>**일박에 얼마예요?**<br>憶兒.爬.給.偶而.馬.也.喲. |

| 單程多少錢? | pyeon do eol ma ye yo<br>**편도 얼마예요?**<br>騙.多.偶而.馬.也.喲. |

| 運費多少錢? | un song ryo eol ma ye yo<br>**운송료 얼마예요?**<br>溫.鬆.留.偶而.馬.也.喲. |

| 套餐多少錢? | ko seu neun eol ma ye yo<br>**코스는 얼마예요?**<br>科.司.嫩.偶而.馬.也.喲. |

| 到首爾多少錢? | seo ul kka ji eol ma ye yo<br>**서울까지 얼마예요?**<br>首.爾.嘎.奇.偶而.馬.也.喲. |

**12** 數量＋얼마예요?

eol ma ye yo
偶而.馬.也.喲.
…多少（錢）呢？

---

一公斤多少錢呢？

il kil lo e eol ma ye yo
**1킬로에 얼마예요?**
憶兒.給.樓.愛.偶而.馬.也.喲.

---

十個多少錢呢？

yeol gae e eol ma ye yo
**열개에 얼마예요?**
友.給.愛.偶而.馬.也.喲.

---

一個小時多少錢呢？

han si ga ne eol ma ye yo
**한시간에 얼마예요?**
韓.細.敢.內.偶而.馬.也.喲.

兩個多少錢呢？

du gae e eol ma ye yo
**두개에 얼마예요?**
禿.給.愛.偶而.馬.也.喲.

一個人多少錢呢？

han sa ram eol ma ye yo
**한사람 얼마예요?**
韓.莎.郎.偶而.馬.也.喲.

一天多少錢呢？

ha ru e eol ma ye yo
**하루에 얼마예요?**
哈.魯.也.偶而.馬.也.喲.

全部多少錢呢？

jeon bu eol ma ye yo
**전부 얼마예요?**
怎.樸.偶而.馬.也.喲.

一半多少錢呢？

jeol ba nuen eol ma ye yo
**절반은 얼마예요?**
仇.胖.嫩.偶而.馬.也.喲.

---

**13** 名詞（는／은）＋數量＋얼마예요?

（neun／eun）　　　eol ma ye yo
（嫩／運）　　　　 偶而.馬.也.喲.
…多少（錢）？

---

單人房兩個晚上
多少錢呢？

sing geur rum i bag eol ma ye yo
**싱글룸 2박 얼마예요?**
醒.股.輪.伊.巴.偶而.馬.也.喲.

---

那一個多少錢呢？

jeo geo ha na e eol ma ye yo
**저거 하나에 얼마예요?**
走.口.哈.娜.愛.偶而.馬.也.喲.

---

一瓶啤酒多少錢
呢？

maek ju han byeong e eol ma ye yo
**맥주 1병에 얼마예요?**
妹.阻.韓.蘋.愛.偶而.馬.也.喲.

---

| 生魚片三人份多少錢呢？ | saeng seon hoe sa min bun eol ma ye yo<br>**생선회 3인분 얼마예요?**<br>先.松.會.山.音.噴.<u>偶而</u>.馬.也.喲. |
| --- | --- |

| 三個大人多少錢呢？ | eo reun se myeong eol ma ye yo<br>**어른 3명 얼마예요?**<br>喔.輪恩.水.妙.<u>偶而</u>.馬.也.喲. |
| --- | --- |

| 一隻雞多少錢呢？ | da kan ma ri eol ma ye yo<br>**닭 1마리 얼마예요?**<br>它.刊.馬.里.<u>偶而</u>.馬.也.喲. |
| --- | --- |

| 手機一台多少錢呢？ | hyu dae jeon hwa han dae e eol ma ye yo<br>**휴대전화 1대에 얼마예요?**<br>休.貼.怎.化.韓.貼.愛.<u>偶而</u>.馬.也.喲. |
| --- | --- |

| 全部三小時多少錢呢？ | jeon bu se si ga ne eol ma ye yo<br>**전부 3시간에 얼마예요?**<br>怎.樸.水.細.敢.內.<u>偶而</u>.馬.也.喲. |
| --- | --- |

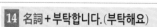

### 14 名詞＋부탁합니다.(부탁해요)

pu ta kam ni da (pu ta kea yo)
樸.他.看.你.打. ( 樸.他.給.喲 )
麻煩 ( 我要 ) …。

---

麻煩我要換錢。

hwan jeon bu ta kae yo
**환전 부탁해요.**
換.怎.樸.他.給.喲.

---

麻煩我要點菜。

ju mun bu ta kae yo
**주문 부탁해요.**
阻.悶.樸.他.給.喲.

---

麻煩我要啤酒。

maek ju reur bu ta kae yo
**맥주를 부탁해요.**
妹.阻.嚕.樸.他.給.喲.

麻煩我要韓式套餐兩人份。

han jeong sig i in bun bu ta kae yo
**한정식 2인분 부탁해요.**
韓.窮.西哥.伊.音.噴.樸.他.給.喲.

---

麻煩我要再一張。

han jang deo bu ta kae yo
**한장 더 부탁해요.**
韓.張.透.樸.他.給.喲.

---

麻煩我找 316 號房。

sa mir yu ko sil bu ta kae yo
**삼일육호실 부탁해요.**
沙.米兒.育.苦.吸.樸.他.給.喲.

---

麻煩我要大人兩人。

eo reun dur bu ta kae yo da
**어른 둘 부탁해요.**
喔.輪恩.土.樸.他.給.喲.

---

麻煩我要叫醒服務。

mo ning kor bu ta kae yo
**모닝콜 부탁해요.**
某.令.口爾.樸.他.給.喲.

---

**15** 動詞도＋돼요?

do＋dwae yo
土＋腿.喲.
**可以…嗎?**

---

可以試穿嗎?

i beo bwa do dwae yo
**입어봐도 돼요?**
衣.波.爬.土.腿.喲.

---

可以吃嗎?

meo geo do dwae yo
**먹어도 돼요?**
某.勾.土.腿.喲.

---

可以摸一下嗎?

man jeo bwa do dwae yo
**만져봐도 돼요?**
滿.酒.爬.土.腿.喲.

---

可以去嗎？

ga do dwae yo
**가도 돼요?**
卡.土.腿.喲.

可以看一下嗎？

bwa do dwae yo
**봐도 돼요?**
爬.土.腿.喲.

可以休息一下嗎？

swi eo do dwae yo
**쉬어도 돼요?**
雖.喔.土.腿.喲.

可以回去嗎？

ji be ga do dwae yo
**집에 가도 돼요?**
幾.杯.卡.土.腿.喲.

可以打電話嗎？

jeon hwa hae do dwae yo
**전화해도 돼요?**
怎.化.黑.土.腿.喲.

---

**16** 名詞＋動詞도＋돼요?

do＋dwae yo
土＋腿.喲.
**可以…嗎?**

---

可以試穿這件嗎?

i geo i beo bwa do dwae yo
**이가 입어 봐도 돼요?**
衣.勾.衣.波.爬.土.腿.喲.

---

可以抽煙嗎?

dam bae pi wo do dwae yo
**담배 피워도 돼요?**
談.配.匹.我.土.腿.喲.

---

可以喝酒嗎?

su reur ma syeo do dwae yo
**술을 마셔도 돼요?**
樹.路.馬.瘦.土.腿.喲.

可以拍照嗎？

sa jin jji geo do dwae yo
**사진 찍어도 돼요?**
莎.親.幾.勾.土.腿.喲.

可以進去裡面嗎？

a ne deu reo ga do dwae yo
**안에 들어가도 돼요?**
阿.內.都.樓.卡.土.腿.喲.

可以坐這裡嗎？

yeo gi an ja do dwae yo
**여기 앉아도 돼요?**
有.給.安.插.土.腿.喲.

可以把門打開嗎？

mun yeo reo do dwae yo
**문 열어도 돼요?**
悶.有.樓.土.腿.喲.

這個可以退貨嗎？

i geo ban pum hae do dwae yo
**이거 반품 해도 돼요?**
衣.口.胖.碰.黑.土.腿.喲.

## 17 名詞 + 어디예요?

eo di ye yo
喔.低.也.喲.
…在哪裡？

---

廁所在哪裡？

hwa jang si ri eo di ye yo
**화장실이 어디예요?**
化.張.細.里.喔.低.也.喲.

---

公車站在哪裡？

beo seu ta neun go seun eo di ye yo
**버스 타는 곳은 어디예요?**
波.司.她.嫩.夠.孫.喔.低.也.喲.

---

地鐵車站在哪裡？

ji ha cheor yeo gi eo di ye yo
**지하철 역이 어디예요?**
奇.哈.球.有.幾.喔.低.也.喲.

| 兌換處在哪裡？ | hwan jeon so neun eo di ye yo<br>**환전소는 어디예요?**<br>換.怎.嫂.嫩.喔.低.也.喲. |

| 藥局在哪裡？ | yak gu geun eo di ye yo<br>**약국은 어디예요?**<br>牙.姑.滾.喔.低.也.喲. |

| 觀光諮詢服務台<br>在哪裡？ | gwan gwang an nae so neun eo di ye yo<br>**관광안내소는 어디예요?**<br>狂.光.安.內.嫂.嫩.喔.低.也.喲. |

| 出口在哪裡？ | chul gu ga eo di ye yo<br>**출구가 어디예요?**<br>糗.姑.卡.喔.低.也.喲. |

| 國內線在哪裡？ | guk nae seon eo di ye yo<br>**국내선 어디예요?**<br>哭.內.三.喔.低.也.喲. |

### 18 名詞＋주세요.

ju se yo
阻.塞.喲.
給我…。

給我這個。

i geo ju se yo
**이거 주세요.**
衣.科.阻.塞.喲.

給我水。

mur jom ju se yo
**물 좀 주세요.**
<u>母兒</u>.從.阻.塞.喲.

給我藥。

yag jom ju se yo
**약 좀 주세요.**
牙.從.阻.塞.喲.

40

給我收據。

yeong su jeung ju se yo
영수증 주세요.
用.樹.真.阻.塞.喲.

給我菜單。

me nyu ju se yo
메뉴 주세요.
梅.牛.阻.塞.喲.

給我免費報紙。

mu ryo sin mun jom ju se yo
무료신문 좀 주세요.
木.料.心.悶.從.阻.塞.喲.

給我路線圖。

no seon do jom ju se yo
노선도 좀 주세요.
努.松.土.從.阻.塞.喲.

給我交通卡。

ti meo ni ka deu jom ju se yo
티머니 카드 좀 주세요.
提.末.尼.卡.的.從.阻.塞.喲.

## 19 數量＋주세요.

ju se yo
阻.塞.喲.
給我…。

---

給我三雙。

se kyeol le ju se yo
**3컬레 주세요.**
塞.苛兒.涙.阻.塞.喲.

---

給我一套。

han beor ju se yo
**1벌 주세요.**
韓.薄.阻.塞.喲.

---

給我一袋。

han ja ru ju se yo
**1자루 주세요.**
韓.叉.路.阻.塞.喲.

給我四張。

ne jang ju se yo
**4장 주세요.**
內.張.阻.塞.喲.

---

給我兩杯。

du jan ju se yo
**2잔 주세요.**
土.餐.阻.塞.喲.

---

給我一瓶。

han byeong ju se yo
**1병 주세요.**
韓.蘋.阻.塞.喲.

---

給我三個。

se gae ju se yo
**3개 주세요.**
誰.給.阻.塞.喲.

---

給我兩台。

du dae ju se yo
**2대 주세요.**
土.貼.阻.塞.喲.

*43*

| 20 名詞＋數量＋주세요. |
|---|
| ju se yo<br>阻.塞.喲.<br>給我⋯。 |

| 給我三張票。 |
|---|
| pyo se jang ju se yo<br>**표 3장 주세요.**<br>票.塞.將.阻.塞.喲. |

| 給我一條毛巾。 |
|---|
| ta wor han jang ju se yo<br>**타월 1장 주세요.**<br>她.我.韓.將.阻.塞.喲. |

| 給我那個一袋。 |
|---|
| jeo geo han ja ru ju se yo<br>**저거 1자루 주세요.**<br>走.口.韓.夾.路.阻.塞.喲. |

給我四張車票。

pyo reur ne jang ju se yo
**표를 4장 주세요.**
票.魯.內.江.阻.塞.喲.

給我兩杯啤酒。

maek ju reur du jan ju se yo
**맥주를 2잔 주세요.**
妹.阻.魯.土.餐.阻.塞.喲.

給我一瓶燒酒。

so ju reur han byeong ju se yo
**소주를 1병 주세요.**
嫂.阻.魯.韓.蘋.阻.塞.喲.

給我三個蘋果。

sa gwa reur se gae ju se yo
**사과를 3개 주세요.**
莎.瓜.魯.塞.給.阻.塞.喲.

給我兩台照相機。

ka me ra reur du dae ju se yo
**카메라를 2대 주세요.**
卡.梅.拉.魯.土.貼.阻.塞.喲.

*45*

### 21 動詞 + 주세요.

ju se yo
阻.塞.喲.
請…。

---

請快一點。

seo dul leo ju se yo
**서둘러 주세요.**
瘦.土.拉.阻.塞.喲.

---

請算便宜一點。

jom kka kka ju se yo
**좀 깎아 주세요.**
從.咖.咖.阻.塞.喲.

---

請救救我！

do wa ju se yo
**도와 주세요!**
土.娃.阻.塞.喲.

請幫我唸一下。

il geo ju se yo
**읽어 주세요.**
憶兒.勾.阻.塞.喲.

請幫我收拾一下。

chi wo ju se yo
**치워 주세요.**
氣.我.阻.塞.喲.

請等一下。

gi da ryeo ju se yo
**기다려 주세요.**
給.打.留.阻.塞.喲.

請給我看一下。

bo yeo ju se yo
**보여 주세요.**
普.喲.阻.塞.喲.

請再度光臨。

tto o se yo
**또 오세요.**
都.喔.塞.喲.

22 名詞＋動詞＋주세요.

ju se yo
阻.塞.喲.
請…。

請給我看那個。

jeo geo seur bo yeo ju se yo
**저것을 보여 주세요.**
走.勾.思兒.普.喲.阻.塞.喲.

請加一些零錢。

jan do neur seo kkeo ju se yo
**잔돈을 섞어 주세요.**
餐.土.奴.瘦.勾.阻.塞.喲.

請載我到明洞。

myeong dong kka ji ga ju se yo
**명동까지 가 주세요.**
妙.同.嘎.奇.卡.阻.塞.喲.

請聯絡飯店。

ho te re yeol la ke ju se yo
**호텔에 연락해 주세요.**
呼.貼.雷.由.拉.給.阻.塞.喲.

請幫我叫計程車。

taek si jom bul leo ju se yo
**택시 좀 불러 주세요.**
特.細.從.普.拉.阻.塞.喲.

請幫我換房間。

bang eur ba kkwo ju se yo
**방을 바꿔 주세요.**
胖.額.爬.郭.阻.塞.喲.

請揮一下手。

son heun deu reo ju se yo
**손 흔들어 주세요.**
鬆.恨.都.樓.阻.塞.喲.

請幫我叫醫生。

ui sa reur bul leo ju se yo
**의사를 불러 주세요.**
<u>烏衣</u>.莎.魯.普.樓.阻.塞.喲.

### 23 動詞 + 해주세요.

hae ju se yo
黑.阻.塞.喲.
**請（幫我）…。**

---

**請跟我握手。**

ak su hae ju se yo
**악수해 주세요.**
阿苦.樹.黑.阻.塞.喲.

---

**請說明一下。**

seol myeong hae ju se yo
**설명해 주세요.**
手.妙.黑.阻.塞.喲.

---

**請跟我聯絡。**

yeon ra kae ju se yo
**연락해 주세요.**
由.拉.給.阻.塞.喲.

---

50

請吻我。

ppo ppo hae ju se yo
**뽀뽀해 주세요.**
伯.伯.黑.阻.塞.喲.

請簽一下名。

sa in hae ju se yo
**사인해 주세요.**
莎.音.黑.阻.塞.喲.

請幫我換錢。

hwan jeon hae ju se yo
**환전해 주세요.**
換.怎.黑.阻.塞.喲.

請幫我預約。

ye ya kae ju se yo
**예약해 주세요.**
也.牙.給.阻.塞.喲.

請打電話給我。

jeon hwa hae ju se yo
**전화해 주세요.**
怎.拿.黑.阻.塞.喲.

**24** 形容詞＋해주세요.

hae ju se yo
黑.阻.塞.喲.
請（做）…。

---

請算我便宜一些。

ssa ge hae ju se yo
**싸게 해 주세요?**
撒.給.黑.阻.塞.喲.

---

請快一點。

ppal li hae ju se yo
**빨리 해 주세요.**
八.里.黑.阻.塞.喲.

---

請（用力）輕一點。

ya ka ge hae ju se yo
**약하게 해 주세요.**
牙.卡.給.黑.阻.塞.喲.

請(用力)重一點。

gang ha ge hae ju se yo
**강하게 해 주세요.**
剛.哈.給.黑.阻.塞.喲.

---

請放辣一點。

maep ge hae ju se yo
**맵게 해 주세요.**
沒.給.黑.阻.塞.喲.

---

請弄大一點。

keu ge hae ju se yo
**크게 해 주세요.**
苦.給.黑.阻.塞.喲.

---

請個別處理。

tta ro tta ro hae ju se yo
**따로 따로 해 주세요.**
大.樓.大.樓.黑.阻.塞.喲.

---

請安靜一點。

jo yong hi hae ju se yo
**조용히 해 주세요.**
抽.用.衣.黑.阻.塞.喲.

### 25 形容詞＋名詞＋해주세요.

hae ju se yo
黑.阻.塞.喲.
請（做）…。

---

請説慢一點。

cheon cheon hi mar hae ju se yo
**천천히 말해 주세요.**
窮.窮.衣.馬.黑.阻.塞.喲.

---

請包得可愛一點。

ye ppeu ge po jang hae ju se yo
**예쁘게 포장해 주세요.**
也.不.給.普.張.黑.阻.塞.喲.

---

請再確認一次。

da si han beon hwa gin hae ju se yo
**다시 한번 확인해 주세요.**
打.細.韓.朋.化.金.黑.阻.塞.喲.

請打掃乾淨一點。

kkae kkeu si cheong so hae ju se yo
**깨끗이 청소해 주세요.**
給.苦.細.窮.嫂.黑.阻.塞.喲.

請開車慢一點。

cheon cheon hi un jeon hae ju se yo
**천천히 운전해 주세요.**
窮.窮.衣.運.怎.黑.阻.塞.喲.

請說簡單一點。

gan dan ha ge seol myeong hae ju se yo
**간단하게 설명해 주세요.**
桿.蛋.拿.給.手.妙.黑.阻.塞.喲.

請等一下打電話給我。

na jung e jeon hwa hae ju se yo
**나중에 전화해 주세요.**
娜.中.愛.怎.化.黑.阻.塞.喲.

請快點配送。

ppal li bae da rae ju se yo
**빨리 배달해 주세요.**
八.里.配.大.雷.阻.塞.喲.

55

## 26 動詞고＋싶어요.

go＋si peo yo
姑＋細.波.喲.
**我想…。**

---

我想吃。

meok go si peo yo
**먹고 싶어요.**
摸.姑.細.波.喲.

---

我想去。

ga go si peo yo
**가고 싶어요.**
卡.姑.細.波.喲.

---

我想買。

sa go si peo yo
**사고 싶어요**
莎.姑.細.波.喲.

我想說話。

i ya gi ha go si peo yo
**이야기하고 싶어요.**
衣.呀.幾.哈.姑.細.波.喲.

我想見面。

man na go si peo yo
**만나고 싶어요.**
滿.娜.姑.細.波.喲.

我想回去。

do ra ga go si peo yo
**돌아가고 싶어요.**
土.拉.卡.姑.細.波.喲.

我想玩。

nol go si peo yo
**놀고 싶어요.**
農.姑.細.波.喲.

我想回去。

ji be ga go si peo yo
**집에 가고 싶어요.**
幾.杯.卡.姑.細.波.喲.

---

**27** 名詞＋動詞고＋싶어요.

go＋si peo yo
姑＋細.波.喲.
我想…。

---

我想吃泡菜。

gim chi reur meok go si peo yo
**김치를 먹고 싶어요.**
金母.氣.魯.摸.姑.細.波.喲.

---

我想去韓國。

han gu ge ga go si peo yo
**한국에 가고 싶어요**
韓.姑.給.卡.姑.細.波.喲.

---

我想買包包。

ga bang eur sa go si peo yo
**가방을 사고 싶어요.**
卡.胖.兒.莎.姑.細.波.喲.

---

我想說得流利。

ja yu rop ge mal ha go si peo yo
**자유롭게 말하고 싶어요.**
叉.友.樓普.給.馬.拉.姑.細.波.喲.

我想見她。

geu nyeo reur man na go si peo yo
**그녀를 만나고 싶어요**
哭.牛.魯.滿.娜.姑.細.波.喲.

我想做臉部按摩。

eol gur ma sa ji ha go si peo yo
**얼굴 마사지하고 싶어요.**
偶而.骨.馬.莎.奇.哈.姑.細.波.喲.

我想回家。

ji be do ra ga go si peo yo
**집에 돌아가고 싶어요.**
幾.杯.土.拉.卡.姑.細.波.喲.

我想玩電玩。

ge i meur ha go si peo yo
**게임을 하고 싶어요.**
給.衣.某爾.哈.姑.細.波.喲.

## 28 名詞 + 어때요?

eo ddae yo
喔.跌.喲.
…如何呢？

---

**身體狀況如何呢？**

yo jeum eo ttae yo
**요즘 어때요?**
喲.酒母.喔.跌.喲.

---

**旅行如何呢？**

yeo haeng eun eo ttae yo
**여행은 어때요?**
喲.狠.運.喔.跌.喲.

---

**味道如何呢？**

ma seun eo ttae yo
**맛은 어때요?**
馬.孫.喔.跌.喲.

韓國如何呢？

han gu geun eo ttae yo
**한국은 어때요?**
韓.姑.滾.喔.跌.喲.

烤肉如何呢？

bul go gi neun eo ttae yo
**불고기는 어때요?**
普.姑.給.嫩.喔.跌.喲.

天氣如何呢？

nal ssi neun eo ttae yo
**날씨는 어때요?**
<u>那兒</u>.西.嫩.喔.跌.喲.

星期日如何呢？

i ryo i reun eo ttae yo
**일요일은 어때요?**
伊.溜.衣.論.喔.跌.喲.

領帶如何呢？

nek ta i neun eo ttae yo
**넥타이는 어때요?**
內.她.衣.嫩.喔.跌.喲.

### 29 動詞ㄹ수+있어요?

r su +i sseo yo
兒.樹＋衣.手.喲.
可以… ?

---

可以説 (韓語) 嗎 ?

han gu geo har su i sseo yo
**한국어 할 수 있어요?**
韓.庫.勾.哈兒.樹.衣.手.喲.

---

會唸嗎 ?

il geur su i sseo yo
**읽을 수 있어요?**
憶.古兒.樹.衣.手.喲.

---

可以碰面嗎 ?

man nar su i sseo yo
**만날 수 있어요?**
罵.那兒.樹.衣.手.喲.

---

可以吃嗎？

meo geur su i sseo yo
**먹을 수 있어요?**
末.古兒.樹.衣.手.喲.

---

可以搭乘嗎？

tar su i sseo yo
**탈 수 있어요?**
塔兒.樹.衣.手.喲.

---

可以修改嗎？

go chir su i sseo yo
**고칠 수 있어요?**
姑.妻兒.樹.衣.手.喲.

---

可以郵寄嗎？

bo naer su i sseo yo
**보낼 수 있어요?**
普.內兒.樹.衣.手.喲.

---

可以幫我保管嗎？

mat gir su i sseo yo
**맡길 수 있어요?**
馬.幾兒.樹.衣.手.喲.

> ### 30 名詞＋動詞ㄹ수＋있어요?
>
> r su＋i sseo yo
> 兒.樹＋衣.手.喲.
> **可以…?**

---

**會説韓語嗎？**

> han gu geo reur har su i sseo yo
> ## 한국어를 할 수 있어요?
> 韓.姑.勾.魯.<u>哈兒</u>.樹.衣.手.喲.

---

**有辦法便宜買嗎？**

> ssa ge sar su i sseo yo
> ## 싸게 살 수 있어요?
> 沙.給.<u>沙兒</u>.樹.衣.手.喲.

---

**可以刷卡嗎？**

> ka deu sseur su i sseo yo
> ## 카드 쓸 수 있어요?
> 卡.都.<u>思兒</u>.樹.衣.手.喲.

---

| 可以用洗衣機洗嗎？ | se tak gi ro ppar su i sseo yo<br>**세탁기로 빨 수 있어요?**<br>塞.他.幾.樓.八兒.樹.衣.手.喲. |
|---|---|

| 可以坐巴士去嗎？ | beo seu ro gar su i sseo yo<br>**버스로 갈 수 있어요?**<br>波.司.樓.卡兒.樹.衣.手.喲. |
|---|---|

| 可以來接我嗎？ | ma jung na or su i sseo yo<br>**마중 나올 수 있어요?**<br>馬.中.娜.喔兒.樹.衣.手.喲. |
|---|---|

| 可以八點來嗎？ | yeo deol si e or su i sseo yo<br>**8시에 올 수 있어요?**<br>有.毒.細.也.喔兒.樹.衣.手.喲. |
|---|---|

| 可以打國際電話嗎？ | guk je jeon hwa har su i sseo yo<br>**국제전화 할 수 있어요?**<br>哭.姊.怎.化.哈兒.樹.衣.手.喲. |
|---|---|

**31** 動詞지＋못 해요.

ji ＋mo tae yo
雞＋摸.貼.喲.
不會⋯、沒辦法。

---

不會寫。

sseu ji mo tae yo
**쓰지 못 해요.**
書.雞.摸.貼.喲.

---

不會唸。

ik ji mo tae yo
**읽지 못 해요.**
伊.雞.摸.貼.喲.

---

沒辦法去。

ga ji mo tae yo
**가지 못 해요.**
卡.雞.摸.貼.喲.

沒辦法吃。

meok ji mo tae yo
**먹지 못 해요.**
未客.雞.摸.貼.喲.

睡不著。

jam ja ji mo tae yo
**잠자지 못 해요.**
掐.叉.雞.摸.貼.喲.

沒辦法進去。

deu reo ga ji mo tae yo
**들어가지 못 해요.**
都.樓.卡.雞.摸.貼.喲.

沒辦法等。

gi da ri ji mo tae yo
**기다리지 못 해요.**
幾.打.里.雞.摸.貼.喲.

沒辦法做。

man deul ji mo tae yo
**만들지 못 해요.**
慢.毒.雞.摸.貼.喲.

### 32 名詞＋動詞지＋못 해요.

ji ＋mo tae yo
雞＋摸.貼.喲.
不會…、沒辦法。

---

沒辦法搭公車去。

beo seu ro neun ga ji mo tae yo
**버스로는 가지 못 해요.**
波.司.樓.嫩.卡.雞.摸.貼.喲.

---

不會說韓語。

han gu geo neun ha ji mo tae yo
**한국어는 하지 못 해요.**
韓.姑.勾.嫩.哈.雞.摸.貼.喲.

---

沒辦法開車。

un jeon ha ji mo tae yo
**운전하지 못 해요.**
運.怎.哈.雞.摸.貼.喲.

沒辦法喝酒。

su reun ma si ji mo tae yo
**술은 마시지 못 해요.**
樹.論.馬.細.雞.摸.貼.喲.

---

沒辦法買貴的。

bi ssa seo sa ji mo tae yo
**비싸서 사지 못 해요.**
皮.沙.瘦.莎.雞.摸.貼.喲.

---

沒辦法吃辣的。

mae wo seo meok ji mo tae yo
**매워서 먹지 못 해요.**
每.我.瘦.未客.雞.摸.貼.喲.

---

沒辦法提行李。

jim deul ji mo tae yo
**짐 들지못 해요.**
吉姆.土.雞.摸.貼.喲.

---

沒辦法理解。

i hae ha ji mo tae yo
**이해하지 못 해요.**
衣.黑.哈.雞.摸.貼.喲.

---

**33** 動詞を+분실했어요.

> reul +bun sil hae sseo yo
> 魯+噴.吸.淚.手.喲.
> **我丟了⋯。**

---

我丟了鑰匙。

> yeol soe reur bun sil hae sseo yo
> **열쇠를 분실했어요.**
> 友.塞.魯.噴.吸.淚.手.喲.

---

我丟了錢包。

> ji ga beur bun sil hae sseo yo
> **지갑을 분실했어요.**
> 奇.甲.普.噴.吸.淚.手.喲.

---

我丟了手提包。

> ga bang eur bun sil hae sseo yo
> **가방을 분실했어요.**
> 卡.胖.兒.噴.吸.淚.手.喲.

---

我丟了護照。

yeo gwo neur bun sil hae sseo yo
**여권을 분실했어요.**
喲.郭.努兒.噴.吸.涙.手.喲.

---

我丟了行李。

ji meur bun sil hae sseo yo
**짐을 분실했어요.**
幾.門兒.噴.吸.涙.手.喲.

---

我丟了雨傘。

wu sa neur bun sil hae sseo yo
**우산을 분실했어요.**
屋.沙.魯.噴.吸.涙.手.喲.

---

我丟了手機。

hyu dae jeon hwa reur bun sil hae sseo yo
**휴대전화를 분실했어요.**
休.貼.怎.化.魯.噴.吸.涙.手.喲.

---

我丟了外套。

ko teu reur bun sil hae sseo yo
**코트를 분실했어요.**
科.的.魯.噴.吸.涙.手.喲.

第二部
韓國人最愛說的會話

---

早！

an nyeong
**안녕!**
安.<u>生恩</u>.

---

早安！

an nyeong ha se yo
**안녕하세요.**
安.<u>生恩</u>.哈.塞.喲.

---

你好！

an nyeong ha se yo
**안녕하세요.**
安.<u>生恩</u>.哈.塞.喲.

---

晚安！

jar ja yo
**잘 자요.**
<u>彩兒</u>.叉.喲.

---

晚安！

an nyeong hi ju mu se yo
**안녕히 주무세요.**
安.<u>生恩</u>.衣.阻.木.塞.喲.

請好好休息！

pyeon hi swi se yo
**편히 쉬세요.**
騙.你.書.塞.喲.

好久不見了。

o raen ma ni e yo
**오랜만이에요.**
喔.蓮.滿.妮.也.喲.

您好嗎？

jar ji nae se yo
**잘 지내세요?**
彩兒.奇.內.塞.喲.

再見！

an nyeong hi ga se yo
**안녕히 가세요.**
安.生恩.衣.卡.塞.喲.

再見！

an nyeong hi gye se yo
**안녕히 계세요.**
安.生恩.衣.給.塞.喲.

謝謝！

go ma wo yo
**고마워요.**
姑.馬.我.喲.

感謝各方的協助。

yeo reo ga ji ro go ma wo yo
**여러 가지로 고마워요.**
喲.漏.卡.奇.樓.姑.馬.我.喲.

承蒙關照了。

sil le ma na seum ni da
**실례 많았습니다.**
吸.淚.馬.那.師母.妮.打.

您辛苦了。

su go ha syeo sseo yo
**수고하셨어요.**
樹.姑.哈.羞.手.喲.

不客氣。

cheon ma ne yo
**천만에요.**
寵.馬.內.喲.

對不起。

mi an hae yo
**미안해요.**
米.阿.內.喲.

非常抱歉。

joe song ham ni da
**죄송합니다.**
吹.鬆.哈母.妮.打.

請原諒我。

yong seo hae ju se yo
**용서해 주세요.**
永.瘦.黑.阻.塞.喲.

我遲到了，對不
起。

neu jeo seo mi an ham ni da
**늦어서 미안합니다.**
奴.酒.瘦.米.安.哈.妮.打.

沒關係的。

gwaen cha na yo
**괜찮아요.**
跪.擦.娜.喲.

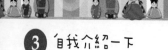

# 3 自我介紹一下

# 3 自我介紹一下

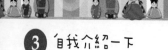

**初次見面，你好。**

cheo eum boep ge seum ni da
**처음 뵙겠습니다.**
抽.恩.陪.給.師母.你.打.

---

**我叫金龍範。**

gim yong beo mi ra go ham ni da
**김(金)용(龍)범(範)이라고 합니다.**
金母.龍.破.米.拉.姑.哈母.妮.打.

---

**我來自台灣。**

dae ma ne seo wa sseo yo
**대만에서 왔어요.**
貼.馬.內.瘦.娃.手.喲.

---

**請多指教。**

jar bu ta kam ni da
**잘 부탁합니다.**
彩兒.樸.他.看.妮.打.

---

**彼此彼此，才要請您多多指教。**

jeo ya mal lo jar bu tak deu rim ni da
**저야말로 잘 부탁드립니다.**
走.呀.罵.樓.彩兒.樸.他.的.力母.尼.打.

78

我停留一星期，來觀光的。

il ju ir dong an gwan gwang ha reo wa sseo yo

**일주일 동안, 관광하러 왔어요.**

憶兒.阻.憶兒.同.安.狂.光.哈.樓.娃.手.喲.

---

我來學韓語的。

han gu geo reur gong bu ha reo wa sseo yo

**한국어를 공부하러 왔어요.**

韓.姑.勾.魯.工.樸.哈.樓.娃.手.喲.

---

我是大學生。

dae hak saeng i e yo

**대학생이에요.**

貼.哈.先.伊.愛.喲.

---

我 25 歲。

jeo neun sue mul da seot sa ri ye yo

**저는 25살이에요.**

走.嫩.思.母兒.它.搜.沙.里.也.喲.

---

我的興趣是旅行。

chwi mi neun yeo haeng i e yo

**취미는 여행이에요.**

娶.米.嫩.喲.狠.伊.愛.喲.

喜歡！

joh a hae yo
**좋아해요.**
秋.阿.黑.喲.

討厭！

sir eo yo
**싫어요.**
細.樓.喲.

心情太好啦！

gi bun joh yo
**기분 좋아요!**
氣.氛.秋.阿.喲.

好幸福喔！

haeng bo kae yo
**행복해요.**
狠.伯.給.喲.

太叫人生氣啦！

hwa ga na sseo yo
**화가 났어요.**
化.卡.娜.手.喲.

| 真快樂！ | jeul geo wo yo<br>**즐거워요.**<br>處兒.科.我.喲. |
|---|---|

| 真悲哀！ | seul peo yo<br>**슬퍼요.**<br>思.波.喲. |
|---|---|

| 真有趣！ | jae mi it ne yo<br>**재미있네요.**<br>切.米.乙.內.喲. |
|---|---|

| 萬歲！ | man se<br>**만세!**<br>滿.塞. |
|---|---|

| 真好笑！ | ut gin da ut gyeo<br>**웃긴다! 웃겨!**<br>屋.幾恩.打.屋.橋. |
|---|---|

## 5 跟韓星加油打氣

超喜歡的！

neo mu jo a yo
**너무 좋아요！**
弄.木.秋.阿.喲.

我愛你！

sa rang hae yo
**사랑해요！**
莎.郎.黑.喲.

加油！

him nae
**힘내！**
嬉母.內.

加油！

hwa i ting
**화이팅.**
化.衣.停.

請加油喔！

him nae se yo
**힘내세요.**
嬉母.內.塞.喲.

我永遠挺你。

hang sang eung won ha go i sseo yo
**항상 응원하고 있어요.**
航.商.嗯.旺.哈.姑.衣.手.喲.

---

一定會順利的。

ban deu si jar doel geo ye yo
**반드시 잘 될거예요.**
胖.的.細.彩兒.腿.姑.也.喲.

---

太棒啦！

choe go ye yo
**최고예요！**
吹.姑.也.喲.

---

我是你的粉絲！

doe ge pae ni e yo
**되게 팬이에요.**
腿.給.配.妮.也.喲.

---

超可愛的。

gwi yeo wo yo
**귀여워요！**
桂.喲.我.喲.

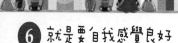

---

外型超酷的。

neo mu meo si sseo yo
**너무 멋있어요.**
娜.木.摸.細.手.喲.

---

今天太高興啦！

o neu reun neo mu jeul geo wo sseo yo
**오늘은 너무 즐거웠어요.**
喔.奴.論.娜.木.遲兒.姑.我.手.喲.

---

度過了很美好的
時間。

meot jin si ga neur bo nae sseo yo
**멋진 시간을 보냈어요.**
摸.親.細.哥.奴.普.內.手.喲.

---

這次的曲子真好
聽。

i beon no rae neo mu jo a yo
**이번 노래 너무 좋아요.**
衣.朋.努.累.娜.木.秋.阿.喲.

---

是我一輩子的美
好回憶。

pyeong saeng jo eun chu eo gi doel geo
ye yo
**평생 좋은 추억이 될거예요.**
平.先.秋.運.醋.喔.幾.堆.姑.也.喲.

---

受到了鼓舞。

ma neun hi meur eo deo sseo yo
많은 힘을 얻었어요.
滿.嫩.喜.母爾.偶.朵.手.喲.

---

太感動啦！

neo mu gam dong hae sseo yo
너무 감동했어요.
娜.某.卡母.同.黑.手.喲.

---

歌聲真是美妙啊！

mok so ri ga neo mu meo si sseo yo
목소리가 너무 멋있어요.
某.嫂.里.卡.娜.木.末.細.手.喲.

---

演出太精彩了。

neo mu meot jin mu dae yeo sseo yo
너무 멋진 무대였어요.
娜.木.摸.親.木.貼.有.手.喲.

---

第一次體驗到如此好玩的歌迷見面會。

i reo ke jeul geo un paen mi ting eun cheo eu mi e yo
이렇게 즐거운 팬미팅은 처음이에요.
衣.樓.客.節兒.姑.運.偏.米.停.恩.醜.恩.米.也.喲.

什麼事呢？

mwo ye yo
**뭐예요?**
某.也.喲.

哪一個呢？

eo neu geo ye yo
**어느거예요?**
喔.奴.勾.也.喲.

哪裡呢？

eo di ye yo
**어디예요?**
喔.低.也.喲.

幾歲呢？

myeot sa ri ye yo
**몇살이에요?**
妙.沙.里.也.喲.

誰呢？

nu gu ye yo
**누구예요?**
努.姑.也.喲.

為什麼呢？

wae yo
**왜요?**
為.喲.

怎麼做呢？

eo tteo kae yo
**어떡해요?**
喔.都.給.喲.

還好嗎？

gwaen cha na yo
**괜찮아요?**
跪.恰.那.喲.

吃過飯了嗎？

bap meo geo sseo yo
**밥먹었어요?**
旁.末.勾.手.喲.

忙嗎？

ba ppeu se yo
**바쁘세요?**
爬.不.塞.喲.

我的位子在哪裡？

je ja ri neun eo di ye yo
제 자리는 어디에요?
借.叉.里.嫩.喔.低.爺.喲.

行李放不進去。

ji mi an deu reo ga yo
짐이 안 들어가요.
幾.米.安.都.樓.哥.喲.

我的椅子可以往後躺嗎？

si teu reur jom nu pyeo do dwae yo
시트를 좀 눕혀도 돼요?
細.的.魯.從.努.票.土.腿.喲.

給我飲料。

eum ryo su ju se yo
음료수 주세요.
恩母.料.樹.阻.塞.喲.

您要喝紅茶嗎？

hong cha deu si ge sseo yo
홍차 드시겠어요?
紅.擦.都.細.給.手.喲.

給我白葡萄酒。

white wa in eur ju se yo
**화이트 와인을 주세요.**
化.伊.特.娃.音.奴.阻.塞.喲.

我要牛肉。

so go gi ro bu ta kae yo
**소고기로 부탁해요.**
嫂.姑.給.樓.樸.他.給.喲.

給我毛巾。

dam yo ju se yo
**담요 주세요.**
談.妙.阻.塞.喲.

給我入境卡。

ip guk ka deu ju se yo
**입국카드 주세요.**
<u>衣.樸</u>.哭.卡.的.阻.塞.喲.

幾點到達呢？

myeot si e do cha kae yo
**몇시에 도착해요?**
妙.細.愛.都.擦.給.喲.

請讓我看一下護照跟機票。

yeo gwon gwa ip guk ka deu reur bo yeo
ju se yo

**여권과 입국카드를 보여 주세요.**

喲.滾.瓜.衣樸.哭.卡.的.魯.普.喲.阻.誰.喲.

---

好的，請。

ne yeo gi i sseo yo

**네, 여기 있어요.**

內.由.幾.衣.手.喲.

---

您來訪的目的是什麼呢？

bang mun mok jeo gi mwo ye yo

**방문 목적이 뭐예요?**

胖.悶.某.走.幾.某.也.喲.

---

我來觀光。

gwan gwang i e yo

**관광이에요.**

光.狂.衣.也.喲.

---

您預定停留多久？

eol ma dong an che ryu ha sir ye jeong i e yo

**얼마동안 체류하실 예정이에요?**

偶而.馬.同.安.切.流.哈.吸.也.窮.伊.愛.喲.

停留三天。

sa mil dong an meo mul geo ye yo
**삼일동안 머물 거에요.**
山.密兒.同.安.末.母.勾.也.喲.

---

有東西要申報的嗎？

sin go har geo seun eop seo yo
**신고할 것은 없어요.**
心.姑.哈.勾.順.<u>歐不</u>.瘦.喲.

---

不，沒有。

a ni yo eop seo yo
**아니요, 없어요.**
阿.尼.喲.<u>歐不</u>.瘦.喲.

---

我的行李沒有出來。

ji mi an na wa yo
**짐이 안 나와요.**
吉.米.安.娜.娃.喲.

---

是日常用品跟禮物。

il sang pum ha go seon mu ri e yo
**일상품하고 선물이에요.**
<u>憶兒</u>.商.碰.哈.姑.松.母.里.也.喲.

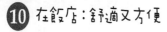

## ⑩ 在飯店：舒適又方便

---

我要住宿登記。

che keu in hae ju se yo
**체크인 해 주세요.**
切.苦.音.黑.阻.誰.喲.

---

我有預約。

ye ya kae sseo yo
**예약했 어요.**
也.牙.給.手.喲.

---

您貴姓大名。

seong ha mi mwo ye yo
**성함이 뭐예요?**
松.哈.米.某.也.喲.

---

我有預約，我叫金美景。

ye ya kan gim mi gyeng i e yo
**예약한 김미경이에요.**
也.牙.看.金母.米.宮.伊.愛.喲.

---

我沒有預約。

ye ya gan haet neun de yo
**예약 안 했는데요.**
也.牙.卡.內.嫩.參.喲.

---

有房間嗎？

bang i sseo yo
**방 있어요?**
胖.衣.手.喲.

請讓我看一下房間。

bang bo yeo ju se yo
**방 보여 주세요.**
胖.普.喲.阻.誰.喲.

一晚多少錢？

il ba ge eol ma ye yo
**일박에 얼마예요?**
<u>憶兒</u>.爬.<u>給</u>.<u>偶而</u>.馬.也.喲.

有附早餐嗎？

a chim sik sa po ham dwae i sseo yo
**아침식사 포함돼 있어요?**
阿.<u>七母</u>.西.莎.普.航.腿.衣.手.喲.

我要退房。

che keu a u tae ju se yo
**체크아웃해 주세요.**
切.苦.阿.惡.貼.阻.誰.喲.

# 11 在飯店：享受服務

---

請幫我把行李送
到房間。

ji meur bang kka ji gat da ju se yo

**짐을 방까지 갖다 주세요.**

吉.門兒.胖.嘎.奇.卡.打.阻.誰.喲.

---

可以幫我保管貴
重物品嗎？

gwi jung pu meur mat gir su i sseul kka
yo

**귀중품을 맡길 수 있을까요?**

桂.中.噴.門兒.馬.幾.樹.乙.思.嘎.喲.

---

我要叫醒服務。

mo ning kor bu ta kae yo

**모닝콜 부탁해요.**

某.令.口.樸.他.給.喲.

---

給我一條毛巾。

su geon ha na deo ju se yo

**수건 하나 더 주세요.**

樹.幹.哈.娜.透.阻.誰.喲.

---

請借我熨斗。

da ri mi bil lyeo ju se yo

**다리미 빌려 주세요.**

打.里.米.比.溜.阻.誰.喲.

**請借我加濕器。**

ga seup gi jom bil lyeo ju se yo
**가습기 좀 빌려 주세요.**
卡.濕.氣.從.比.溜.阻.誰.喲.

**這裡可以收傳真嗎？**

yeo gi pek sue ba deur su i sseo yo
**여기 팩스 받을 수 있어요?**
由.幾.陪.思.爬.都.樹.衣.手.喲.

**這附近有餐廳嗎？**

i geun cheo e sik dang i sseo yo
**이 근처에 식당 있어요?**
衣.滾.求.愛.西哥.當.衣.手.喲.

**有會說中文的人嗎？**

jung gug eo har jur a neun sa ram i sseo yo
**중국어 할 줄 아는 사람 있어요?**
中.姑.勾.哈.珠兒.阿.能.莎.郎.衣.手.喲.

**緊急出口在哪裡？**

bi sang gu neun eo di ye yo
**비상구는 어디예요?**
皮.商.姑.能.喔.低.愛.喲.

---

幫我換一下房間。

bang eur ba kkwo ju se yo
**방을 바꿔 주세요.**
胖.兒.爬.鍋.阻.誰.喲.

---

鑰匙不見了。

ki reur i reo beo ryeo sseo yo
**키를 잃어버렸어요.**
幾.魯.一.樓.波.留.手.喲.

---

我把鑰匙放在房
間了。

yeol soe reur bang e no ko wa sseo yo
**열쇠를 방에 놓고 왔어요.**
友兒.雖.魯.胖.也.奴.庫.娃.手.喲.

---

冷氣壞了。

e eo keo ni go jang na sseo yo
**에어컨이 고장났어요.**
給.喔.空.妮.姑.張.納.手.喲.

---

房間好冷。

bang i chu wo yo
**방이 추워요.**
胖.衣.醋.我.喲.

隔壁的人很吵。

yeop bang i si kkeu reo un de yo
**옆 방이 시끄러운데요.**
由.胖.衣.細.哭.了.恩.爹.喲.

---

房間的電燈沒辦法打開。

bang e bu ri an kyeo ji neun de yo
**방에 불이 안 켜지는데요.**
胖.也.普.里.安.苛.基.能.爹.喲.

---

熱水不夠熱。

mu ri neo mu mi ji geun han de yo
**물이 너무 미지근한데요.**
母.里.娜.木.米.基.滾.韓.爹.喲.

---

熱水出不來。

tta tteu tan mu ri an na wa yo
**따뜻한 물이 안 나와요.**
大.度.談.母.里.安.娜.娃.喲.

---

廁所沒有水。

byeon gi e mu ri an na o neun de yo
**변기에 물이 안 나오는데요.**
品.幾.也.母.里.安.娜.喔.能.爹.喲.

我想訂位。

e ya ka go si peun de yo
**예약하고 싶은데요.**
也.牙.卡.姑.系.噴.參.喲.

---

今天晚上八點，兩個人。

o neul bam yeo deol si e du myeong i e yo
**오늘밤 8시에 2명이에요.**
喔.奴.旁.有.嘟.細.也.土.妙.伊.愛.喲.

---

我要非吸煙區座位。

geum yeon seo geu ro ju se yo
**금연석으로 주세요.**
苦.用.瘦.古.樓.阻.誰.喲.

---

我叫金美景。

je i reu meun gim mi gyeong i e yo
**제 이름은 김미경이에요.**
借.衣.樂母.運.金母.米.宮.伊.愛.喲.

---

晚安。我有預約，我叫金美景。

an nyeong ha se yo ye ya kan gim mi gyeong i e yo
**안녕하세요? 예약한 김미경이에요.**
安.妞.哈.誰.喲.也.牙.看.金母.米.宮.伊.愛.喲.

我們有三個人，
有位子嗎？

se myeong in de ja ri ga i sseo yo
**3명인데, 자리가 있어요?**
誰.妙.音.爹.叉.里.卡.衣.手.喲.

---

要等多久？

eo neu jeong do gi da ryeo ya dwae yo
**어느 정도 기다려야 돼요.**
喔.呢.窮.土.奇.打.溜.雅.腿.喲.

---

我要窗邊的座位。

chang ga ja ri ga jo eun de yo
**창가 자리가 좋은데요.**
搶.卡.叉.里.卡.秋.運.爹.喲.

---

有個室的嗎？

bang i i sseo yo
**방이 있어요?**
胖.衣.衣.手.喲.

---

套餐要多少錢？

ko seu neun eol ma ye yo
**코스는 얼마에요?**
科.司.能.偶而.馬.也.喲.

## 14 點餐：快流口水了

服務生，我想點菜。

jeo gi yo yeo gi ju mun ba deu se yo
**저기요, 여기 주문 받으세요.**
走.給.喲,由.幾.阻.悶.爬.的.誰.喲.

給我看菜單。

me nyu reur bo yeo ju se yo
**메뉴를 보여 주세요.**
梅.牛.魯.普.喲.阻.誰.喲.

有什麼推薦的？

jal ha neun ge mwo jyo
**잘하는 게 뭐죠?**
洽.拉.能.給.某.酒.

一樣的東西，給我們兩個。

ga teun geol lo dur ju se yo
**같은 걸로 둘 주세요.**
卡.吞.勾.樓.土.阻.誰.喲.

給我這個。

i geol lo ju se yo
**이걸로 주세요.**
衣.勾.樓.阻.誰.喲.

給我跟那個一樣的東西。

jeo geot gwa ga teun geol lo ju se yo

저것과 같은 걸로 주세요.

走.勾.瓜.哥.吞.狗.樓.阻.誰.喲.

---

我要 C 定食。

jeo neun jeong sig C ro hal ge yo

저는 정식C로 할게요.

走.能.窮.西哥.西.樓.哈.給.喲.

---

我要烤肉三人份。

bulgo gi sa min bun ju se yo

불고기 삼인분 주세요.

普.姑.幾.沙.敏.噴.阻.誰.喲.

---

您咖啡要什麼時候用呢？

keo pi neun eon je deu si ge sseo yo

커피는 언제 드시겠어요?

口.匹.能.恩.姊.毒.細.給.手.喲.

---

麻煩餐前／餐後幫我送上。

sik sa jeon (sik sa hu e) ju se yo

식사전 / 식사후에 주세요.

西哥.沙.怎（西哥.沙.呼.也.）阻.誰.喲.

好辣！

mae wo yo
**매워요.**
每.我.喲.

---

好鹹！

jja yo
**짜요.**
恰.喲.

---

好甜！

da ra yo
**달아요.**
他.拉.喲.

---

這太辣了吧！

i geon neo mu maep ne yo
**이건 너무 맵네요.**
衣.滾.弄.木.梅.內.喲.

---

好吃！

ma si sseo yo
**맛있어요.**
馬.西.手.喲.

真好吃！

cham ma si sseo yo
**참 맛있어요.**
恰恩.馬.西.手.喲.

雖然很辣，但很好吃。

maep ji man ma si sseo yo
**맵지만 맛있어요.**
梅.奇.慢.馬.西.手.喲.

肉質很軟，很好吃。

go gi ga yeon hae seo ma si sseo yo
**고기가 연해서 맛있어요.**
姑.給.卡.由.內.瘦.馬.西.手.喲.

不怎麼好吃。

byeol lo ma deop seo yo
**별로 맛없어요.**
票.樓.馬.朵不.瘦.喲.

肉太硬了。

go gi ga jil gyeo yo
**고기가 질겨요.**
姑.幾.卡.其.橋.喲.

請多吃一點。

ma ni deu se yo
**많이 드세요.**
罵.你.毒.誰.喲.

---

這是什麼魚？

i saeng seo neun mwo ye yo
**이 생선은 뭐예요?**
衣.先.瘦.輪.某.也.喲.

---

這要怎麼吃？

i geo eo tteo ke meo geo yo
**이거 어떻게 먹어요?**
衣.勾.喔.透.客.末.勾.喲.

---

請給我小碟子。

jeop si jom ju se yo
**접시 좀 주세요.**
走.細.從.阻.誰.喲.

---

你喝酒嗎？

sur deu se yo
**술 드세요?**
輸.土.誰.喲.

我什麼東西都吃。

jeo neun mwo deun ji jar meo geo yo
저는 뭐든지 잘 먹어요.
走.能.某.燉.雞.彩兒.末.勾.喲.

---

我不喜歡吃甜的東西。

jeo neun dan geo seur si reo hae yo
저는 단 것을 싫어해요.
走.能.蛋.勾.思兒.洗.樓.黑.喲.

---

你喜歡韓國料理嗎？

han gu geum sig jo a ha se yo
한국 음식 좋아하세요?
韓.姑.滾.西哥.秋.阿.哈.誰.喲.

---

這道料理的食材是什麼？

i eum si ge jae ryo ga mwo ye yo
이 음식의 재료가 뭐예요?
衣.恩.細.給.切.料.卡.某.也.喲.

---

這菜真能引起食慾。

si gyo gi jeol lo na ne yo
식욕이 절로 나네요.
西.叫.幾.切.樓.娜.內.喲.

喝一杯，如何？

han ja neo ttae yo
**한잔 어때요?**
韓.將.歐.爹.喲.

---

今天晚上，喝一杯吧！

o neur ba me han jan ha jyo
**오늘 밤에 한잔 하죠.**
喔.內.旁.梅.韓.將.哈.酒.

---

喝啤酒嗎？

maek ju ro hal kka yo
**맥주로 할까요?**
妹.阻.樓.哈兒.嘎.喲.

---

給我白/紅葡萄酒。

white (re deu) wa in ju se yo
**화이트 (레드)와인 주세요.**
化.伊.特（淚.都）娃.音.阻.誰.喲.

---

這個最棒！

i ge choe go ye yo
**이게 최고예요!**
衣.給.吹.勾.也.喲.

有啤酒嗎？

maek ju i sseo yo
**맥주 있어요?**
妹.阻.衣.手.喲.

給我兩杯生啤酒。

saeng maek ju du jan ju se yo
**생맥주 두 잔 주세요.**
先.妹.阻.讀.餐.阻.誰.喲.

這燒酒是什麼牌子的？

i so ju i reu mi mwo ye yo
**이 소주 이름이 뭐예요?**
衣.嫂.阻.衣.輪.米.某.也.喲.

要點什麼小菜？

an ju neun mwol lo hal kka yo
**안주는 뭘로 할까요?**
安.阻.能.某.樓.哈兒.嘎.喲.

菜幫我適當配一下。

geu nyang a ra seo jeok dang hi ju se yo
**그냥 알아서 적당히 주세요.**
哭.娘.阿.拉.瘦.秋.當.衣.阻.誰.喲.

乾杯！

geon bae
**건배!**
幹.配.

---

祝我們大家身體
健康！

u ri deu re geon gang eur wi ha yeo
**우리들의 건강을 위하여!**
屋.里.都.淚.幹.剛.兒.為.哈.喲.

---

祝考上！

hap gyeo geur wi ha yeo
**합격을 위하여!**
哈普.宮.古.為.哈.喲.

---

一口氣喝！喝！

won syat won syat
**원샷!원샷!**
旺.蝦.旺.蝦.

---

再喝一杯吧！

han jan deo hae yo
**한잔 더 해요.**
韓.餐.透.黑.喲.

**我來幫您到酒！**

je ga han jan tta ra deu ril ge yo
제가 한잔 따라 드릴게요.
姊.卡.韓.餐.大.拉.毒.立兒.給.喲.

---

**這米酒，味道最棒了。**

i mak geol li ma si kkeut nae ju neun de yo
이 막걸리 맛이 끝내 주는데요.
衣.忙.勾.里.馬.西.滾.內.阻.能.爹.喲.

---

**我不太愛喝酒。**

jeo neun su reur byeol lo mo tae yo
저는 술을 별로 못해요.
走.能.輸.魯.品.樓.摸.貼.喲.

---

**再來一杯如何？**

han jan deo eo ttae yo
한잔 더 어때요?
韓.餐.透.喔.爹.喲.

---

**我們再續攤！**

i cha ga yo
2차 가요.
伊.擦.哥.喲.

我要結帳。

gye san hae ju se yo
**계산해 주세요**
給.傘.黑.阻.誰.喲.

---

共 35000 圓。

sam ma no cheo nwo ni e yo
**3만 5천원이에요.**
三.滿.喔.窮.我.你.愛.喲.

---

感謝招待。

jar meo geot seum ni da
**잘 먹었습니다.**
才.末.勾.順.米.打.

---

今天我請客喔！

o neu reun nae ga ssol ge yo
**오늘은 내가 쏠게요!**
喔.呢.論.內.卡.搜.給.喲.

---

給我收據。

yeong su jeung eur ju se yo
**영수증을 주세요.**
用.樹.增.兒.阻.誰.喲.

我們各別算。

tta ro tta ro gye san hae ju se yo
**따로따로 계산해 주세요.**
大.樓.大.樓.給.傘.黑.阻.誰.喲.

---

料理還好嗎?

eum sig ma si eo ttae yo
**음식 맛이 어때요?**
恩.新.馬.西.喔.爹.喲.

---

真的很好吃。

jeong mar ma si sseo yo
**정말 맛있어요.**
窮.罵.馬.西.手.喲.

---

這請幫我打包。

i geo po jang hae ju se yo
**이거 포장해 주세요.**
衣.科.普.張.黑.阻.誰.喲.

---

請給我店的名片。

ga ge myeong ham ju se yo
**가게 명함 주세요.**
卡.給.妙.哈母.阻.誰.喲.

給我觀光指南冊子。

gwan gwang an nae chek ja jom ju se yo
**관광안내책자좀 주세요.**
光.狂.安.內.切.叉.從.阻.誰.喲.

---

哪裡好玩呢？

eo di ga jo a yo
**어디가 좋아요?**
喔.低.卡.秋.阿.喲.

---

我聽說有慶典。

chuk je reur han da go deu reot neun de yo
**축제를 한다고 들었는데요.**
阻.姊.魯.韓.打.姑.土.樓.能.參.喲.

---

我在找汗蒸幕。

han jeung ma geur chat go it neun de yo
**한증막을 찾고 있는데요.**
韓.增.馬.古.茶.姑.乙.能.參.喲.

---

哪裡有美術館？

mi sul gwa ni eo di i sseo yo
**미술관이 어디 있어요?**
米.輸.瓜.你.喔.低.衣.手.喲.

這裡可以買到票嗎？

yeo gi seo ti ke seur sar su i sseo yo
**여기서 티켓을 살 수 있어요?**
由.幾.瘦.提.客.思兒.沙.樹.衣.手.喲.

---

請告訴我哪裡有當地的料理餐廳。

hyang to eum sik jeo meur ga reu chyeo ju se yo
**향토 음식점을 가르쳐 주세요.**
香.偷.恩.西.求.母.卡.漏.臭.阻.誰.喲.

---

我在找便宜又漂亮的旅館。

ssa go kkae kkeu tan yeo gwa neur chat go i sseo yo
**싸고 깨끗한 여관을 찾고 있어요.**
撒.姑.給.故.談.喲.光.奴.擦.姑.衣.手.喲.

---

費用要多少？

yo geu meun eol ma ye yo
**요금은 얼마예요?**
喲.古.悶.偶而.馬.也.喲.

---

麻煩大人兩個。

eo reun dur bu ta kae yo
**어른 둘 부탁해요.**
喔.輪.土.樸.他.給.喲.

113

---

有半天的觀光嗎？

han na jeor gwan gwang eun it na yo
**한나절 관광은 있나요?**
韓.娜.切.光.狂.運.乙.娜.喲.

---

有什麼樣的觀光行程呢？

eo tteon tu eo co seu ga i sseo yo
**어떤 투어코 스가 있어요?**
喔.通.凸.喔.口.斯.卡.衣.手.喲.

---

有到慶州的觀光行程嗎？

gyeong ju e ga neun tu eo i sseo yo
**경주에 가는 투어 있어요?**
共.阻.愛.卡.能.凸.喔.衣.手.喲.

---

觀光費用有含午餐嗎？

jeom si meun gwan gwang yo geum e po ham dwae i sseo yo
**점심은 관광 요금에 포함돼 있어요?**
窮.細.悶.光.狂.喲.滾.也.普.哈母.腿.衣.手.喲.

---

觀光行程有含民俗村嗎？

tu eo e min sok cho ni po ham dwae i sseo yo
**투어에 민속촌이 포함돼 있어요?**
凸.喔.愛.敏.收.求.你.普.哈母.腿.衣.手.喲.

有含餐點嗎？

sik sa neun na wa yo
식사는 나와요?
西哥.莎.能.娜.娃.喲.

幾點出發？

chul ba reun myeot si ye yo
출발은 몇시예요?
糗.拔.論.妙.細.也.喲.

有多少自由行動時間？

ja yu si ga ni eol ma na i sseo yo
자유시간이 얼마나 있어요?
叉.友.細.趕.你.偶而.馬.娜.衣.手.喲.

幾點回來？

myeot si e do ra wa yo
몇시에 돌아와요?
免.細.愛.土.拉.娃.喲.

我想請導遊。

ga i deu ga pi ryo han de yo
가이드가 필요한데요.
卡.衣.的.卡.筆.六.韓.爹.喲.

## 22 玩到不想回家

---

那是什麼建築物？

jeo geon mu reun mwo ye yo
저 건물은 뭐예요?
走.幹.木.論.某.也.喲.

---

這是韓屋村。

yeo gi neun ha nog ma eu ri e yo
여기는 한옥 마을이에요.
由.幾.能.韓.農.馬.屋.里.愛.喲.

---

韓屋就是韓國的
傳統房子。

ha no geun han gu ge jeon tong ji bi e yo
한옥은 한국의 전통 집이에요.
韓.努.滾.韓.姑.給.怎.痛.吉.比.也.喲.

---

有多古老？

eo neu jeong do o o rae dwae sseo yo
어느 정도 오래됐어요?
喔.呢.窮.土.喔.雷.堆.手.喲.

---

景色真美！

gyeong chi ga meot jeo yo
경치가 멋져요!
宮.氣.卡.莫.酒.喲.

那裡有很多值得看的地方。

geo gi e bor de ga a ju ma na yo
거기에 볼 데가 아주 많아요.
科.給.愛.波.爹.卡.阿.阻.馬.那.喲.

好運的話還可以看到傳統婚禮。

u ni jo eu myeon jeon tong hon rye reur bor su i sseo yo
운이 좋으면 전통 혼례를 볼 수 있어요.
巫.你.糗.惡.免.怎.痛.紅.劣.魯.波.樹.衣.手.喲.

那個服裝是韓服。

jeo o seun han bo gi e yo
저 옷은 한복이에요.
走.喔.孫.韓.伯.幾.也.喲.

我也很想穿穿看。

jeo do ip go si peo yo
저도 입고 싶어요.
走.土.衣樸.姑.西.波.喲.

遊覽船幾點出發？

yu ram seo neun myeot si e chul bal hae yo
유람선은 몇 시에 출발해요?
友.郎.松.嫩.秒.細.也.出.拔.黑.喲.

可以攝影嗎？

chwar yeong hae do doel kka yo
**촬영해도 될까요?**
抓.用.黑.土.堆.嘎.喲.

可以拍照嗎？

sa jin jji geo do dwae yo
**사진 찍어도 돼요?**
莎.親.飢.勾.土.腿.喲.

可否請您幫我拍照？

sa jin jom jji geo ju si ge sseo yo
**사진 좀 찍어 주시겠어요?**
莎.親.從.飢.勾.阻.細.給.手.喲.

按這裡就可以了。

yeo gi nu reu myeon dwae yo
**여기 누르면 돼요.**
由.幾.努.漏.免.腿.喲.

麻煩再拍一張。

han jang deo bu ta kae yo
**한장 더 부탁해요.**
韓.張.透.樸.他.給.喲.

我們一起拍照吧！

ga chi jji geo yo
같이 찍어요.
咖.奇.飢.勾.喲.

嗨！起士！

ja chi jeu
자, 치즈!
叉.氣.子.

請不要動喔！

um ji gi ji ma se yo
움직이지 마세요.
雲.飢.幾.奇.馬.誰.喲.

好了以後再寄照片給您。

na jung e sa jin bo nael kke yo
나중에 사진 보낼게요.
娜.中.愛.莎.親.普.內兒.給.喲.

請幫我洗照片。

i geo ppae ju se yo
이거 빼 주세요.
衣.勾.配.阻.誰.喲.

119

---

**入場費要多少錢？**

ip jang ryo neun eol ma ye yo
**입장료는 얼마예요?**
衣.樸.張.料.能.偶而.馬.也.喲.

---

**幾點關門？**

myeot si e mun da da yo
**몇시에 문 닫아요?**
秒.細.也.悶.它.打.喲.

---

**有特別展嗎？**

teuk byeol jeon si ga i sseo yo
**특별전시가 있어요?**
特.品兒.怎.細.卡.衣.手.喲.

---

**可以穿以前國王穿的衣服喔！**

yet na re wang i ip deon o seur i beo bor su i sseo yo
**옛날에 왕이 입던 옷을 입어 볼 수 있어요.**
葉.娜.雷.王.衣.衣樸.冬.喔.思.衣.波.伯.樹.衣.手.喲.

---

**博物館禁止帶食物進去。**

bak mul gwa ne neun eum sik mu reur ga ji go deu reo gar su eop sseo yo
**박물관에는 음식물을 가지고 들어 갈 수 없어요.**
怕.母.瓜.內.能.恩.西.母.路.卡.奇.姑.都.
樓.卡.樹.歐.不.瘦.喲.

館內有導遊嗎？

gwan nae e an nae ga i deu neun i sseo yo
관내에 안내 가이드는 있어요?
光.內.也.安.內.卡.衣.毒.能.衣.手.喲.

---

可以上二樓嗎？

i cheung e ol la ga do dwae yo
이층에 올라 가도 돼요?
衣.窮.也.喔.拉.卡.土.腿.喲.

---

可以在哪裡買到紀念品呢？

gi nyeom pu meun eo di e seo sar su i sseo yo
기념품은 어디에서 살 수 있어요?
給.妞.碰.運.喔.低.也.瘦.沙兒.樹.衣.手.喲.

---

有抽煙處嗎？

heu byeon jang so i sseo yo
흡연장소 있어요?
乎.比恩.長.嫂.衣.手.喲.

---

這裡是出口嗎？

chul gu neun i jjo gi e yo
출구는 이쪽이에요?
糧.姑.能.衣.秋.幾.也.喲.

121

---

請給我上映片單
的導覽。

sang yeong an nae seo ju se yo
**상영 안내서 주세요.**
商.用.安.內.瘦.阻.誰.喲.

---

哪齣是人氣電影？

in gi it neun yeong hwa neun mwo ye yo
**인기 있는 영화는 뭐예요?**
音.給.乙.能.用.化.能.某.也.喲.

---

明星在舞台打招
呼的時候，可以
拍照嗎？

yeon ye i ne mu dae sa ji neur jji geo do
dwae yo
**옌예인의 무대 사진을 찍어도 돼
요?**
永.也.衣.內.木.貼.莎.親.奴.飢.勾.土.腿.喲.

---

沒關係的。

gwaen cha na yo
**괜찮아요.**
跪.醬.那.喲.

---

現在在上演什麼？

ji geum mwo ha go i sseo yo
**지금 뭐 하고 있어요?**
奇.滾.某.哈.姑.衣.手.喲.

---

下一場幾點上映？

da eum sang yeong i myeot si ye yo
**다음 상영이 몇시예요?**
打.恩.商.用.衣.秒.細.也.喲.

---

幾分前可以進去呢？

myeot bun jeo ne deu reo gar su i sseo yo
**몇분 전에 들어갈 수 있어요?**
免.噴.怎.內.土.樓.卡.樹.衣.手.喲.

---

1 館在哪裡？

il gwan eo di ye yo
**1관 어디예요?**
憶兒.光.喔.低.也.喲.

---

在 4 樓。

sa cheung i e yo
**4층이에요.**
沙.窮.衣.也.喲.

---

上演到什麼時候？

eon je kka ji sang yeong ha go i sseo yo
**언제까지 상영하고 있어요?**
喔.嗯.姊.嘎.奇.商.用.哈.姑.衣.手.喲.

| 請給我今天 3 點〈大叔〉的電影票。 | yeong hwa a jeo ssi o neur se si ti ket han jang ju se yo<br>**영화 〈아저씨〉 오늘 세시 티켓 한 장 주세요.**<br>用.化.「阿.豬.西.」喔.怒.塞.細.提.給.韓.將.阻.誰.喲. |
|---|---|

| 給我大人兩張，小孩一張。 | eo reun du jang eo ri ni han jang ju se yo<br>**어른 두장, 어린이 한장 주세요.**<br>喔.輪.恩.讀.張.喔.理.你.韓.將.阻.誰.喲. |
|---|---|

| 給我 H 列。 | H yeol lo hae ju se yo<br>**H열로 해 주세요.**<br>H.友.樓.黑.阻.誰.喲. |
|---|---|

| 我要前面中間的位置。 | ap jur jung ang eu ro bu ta kae yo<br>**앞줄 중앙으로 부탁해요.**<br>阿.布.珠.中.暗.惡.樓.樸.他.給.喲. |
|---|---|

| 我要前面的座位。 | a pi jo a yo<br>**앞이 좋아요.**<br>阿.批.秋.阿.喲. |
|---|---|

我要一樓的座位。

il cheung ja ri ga jo a yo
**일층 자리가 좋아요.**
憶兒.窮.家.裡.卡.秋.阿.喲.

---

有當日券嗎？

dang il gwo ni i sseo yo
**당일권이 있어요?**
當.憶兒.郭.你.衣.手.喲.

---

還有亂打秀的門票嗎？

nan ta ti ke seun a ji gi sseo yo
**난타 티켓은 아직 있어요?**
難.她.提.客.孫.阿.飢.幾.手.喲.

---

有更便宜的座位嗎？

deo ssan ja ri i sseo yo
**더 싼 자리 있어요?**
透.傘.家.裡.衣.手.喲.

---

學生有打折嗎？

hak saeng ha ri ni i sseo yo
**학생 할인이 있어요?**
哈.先.哈.理.你.衣.手.喲.

---

歡迎光臨！

eo seo o se yo
**어서 오세요.**
喔.瘦.喔.誰.喲.

---

您要找什麼呢？

mwo cha jeu se yo
**뭐 찾으세요?**
某.擦.之.誰.喲.

---

請您試一下？

i beo (si neo) bo se yo
**입어 (신어) 보세요.**
衣.波.（細.娜.）普.誰.喲.

---

這要多少錢？

i geo eol ma ye yo
**이거 얼마예요?**
衣.勾.偶而.馬.也.喲.

---

這是什麼？

i geo mwo ye yo
**이거 뭐예요?**
衣.勾.某.也.喲.

給我看那個。

jeo geot jom bo yeo ju se yo
저것 좀 보여 주세요.
走.勾.從.普.喲.阻.誰.喲.

我只是看看而已。

geu nyang jom bol lyeo gu yo
그냥 좀 볼려구요.
哭.娘.從.波.溜.姑.喲.

我不買。

dwae sseo yo
됐어요.
退.手.喲.

我會再來。

da si ol ge yo
다시 올게요.
他.細.喔.給.喲.

到幾點呢？

myeot si kka ji hae yo
몇 시까지 해요?
苗.細.嘎.奇.黑.喲.

---

小姐。

yeo gi yo
**여기요!**
由.幾.喲.

---

我要買送朋友的
特產，什麼比較
好呢？

chin gu e ge jur teu san pum son mul lo
mwo ga jo eul kka yo
**친구에게 줄 트산품선물로 뭐가 좋을까요?**
親.姑.耶.給.珠.特.三.撲母.松.母.樓.某.卡.
秋.兒.嘎.喲.

---

我在找跟這個一
樣的東西。

i geot gwa ga teun geo seur chat go it
neun de yo
**이것과 같은 것을 찾고 있는데요.**
衣.勾.瓜.卡.吞.勾.思兒.差.姑.乙.能.爹.喲.

---

這個如何呢？

i geon eo ttae yo
**이건 어때요?**
衣.滾.喔.爹.喲.

---

那我不喜歡。

geu geon ma eu me an deu reo yo
**그건 마음에 안 들어요.**
哭.滾.馬.恩.梅.安.都.樓.喲.

---

給我看看別的。

da reun geol lo ha na bo yeo ju se yo
**다른 걸로 하나 보여 주세요.**
打.輪恩.勾.樓.哈.娜.普.喲.阻.誰.喲.

可以試穿嗎？

i beo bwa do dwae yo
**입어 봐도 돼요?**
衣.波.拔.土.腿.喲.

有大一點的嗎？

jom deo keun ge i sseo yo
**좀더 큰 게 있어요?**
從.透.困.給.衣.手.喲.

這要怎麼用呢？

i geon eo tteo ke sseu neun geo ye yo
**이건 어떻게 쓰는 거예요?**
衣.滾.喔.透.客.射.能.勾.也.喲.

這是賣得最好的商品。

i ge ga jang jar pal li neun sang pu mi e yo
**이게 가장 잘 팔리는 상품이에요.**
衣.給.卡.長.叉.怕兒.里.能.商.普.米.也.喲.

我可以試穿這件嗎？

i geo i beo bwa do dwae yo
**이거 입어 봐도 돼요?**
衣.勾.衣.波.拔.土.腿.喲.

我想試穿。

i beo bo go si peun de yo
**입어보고 싶은데요.**
衣.波.普.姑.系.噴.爹.喲.

這邊請。

i jjo geu ro o se yo
**이쪽으로 오세요.**
衣.秋.古.樓.歐.誰.喲.

我可以試戴這個嗎？

i geo hae bwa do dwae yo
**이거, 해 봐도 돼요?**
衣.勾,黑.拔.土.腿.喲.

可以試穿一下嗎？

si neo bwa do dwae yo
**신어 봐도 돼요?**
細.諾.拔.土.腿.喲.

鏡子在哪裡？

geo u ri eo di ye yo
**거울이 어디예요?**
科.無.里.喔.低.也.喲.

---

太花俏（樸素）啦！

neo mu hwa ryeo (su su) he yo
**너무 화려(수수)해요.**
娜.木.化.溜.(樹.樹.)黑.喲.

---

可以改短一點嗎？

gi jang ur ju rir su i sseo yo
**기장을 줄일 수 있어요?**
給.張.兒.珠.里兒.樹.衣.手.喲.

---

真適合您穿。

jar eo ul lyeo yo
**잘 어울려요.**
茶.樓.屋.六.喲.

---

我很喜歡。

cham ma u me deu reo yo
**참 마음에 들어요.**
摻.馬.烏.梅.土.樓.喲.

---

幫我量一下尺寸。

je chi su jom jae eo ju se yo
**제 치수 좀 재어 주세요.**
姊.氣.樹.從.切.喔.阻.誰.喲.

---

有小一點的嗎？

jom deo ja geun ge i sseo yo
**좀더 작은 게 있어요?**
從.透.叉.滾.給.衣.手.喲.

---

尺寸太大了。

sa i jeu ga keun de yo
**사이즈가 큰데요.**
莎.衣.子.卡.困.爹.喲.

---

這太大了。

i geon neo mu keun geo ga ta yo
**이건 너무 큰 거 같아요.**
衣.狗.弄.木.困.勾.卡.他.喲.

---

尺寸太小了。

sa i jeu ga ja geun de yo
**사이즈가 작은데요.**
莎.衣.子.卡.叉.滾.爹.喲.

好像太大（小）了。

jom keun (jag eun) geot ga ta yo
**좀 큰(작은)것 같아요.**
從.困.(叉.滾.)勾.卡.打.喲.

---

這不會太小嗎？

i geon neo mu jak ji a neul kka yo
**이건 너무 작지 않을까요?**
衣.勾.娜.木.假.奇.阿.奴.嘎.喲.

---

尺寸不合。

sa i jeu ga an ma ja yo
**사이즈가 안 맞아요.**
莎.衣.子.卡.安.馬.加.喲.

---

再給我看一下大一號的。

han chi su keun geo seu ro bo yeo ju se yo
**한 치수 큰 것으로 보여 주세요.**
韓.氣.樹.困.勾.思.樓.普.喲.阻.誰.喲.

---

您尺寸多大？

sa i jeu ga eo tteo ke doe se yo
**사이즈가 어떻게 되세요?**
莎.衣.子.卡.喔.透.客.腿.誰.喲.

我想買化妝水。

seu ki neur jom sa go si peun de yo
**스킨을 좀 사고 싶은데요.**
司.忌.奴.從.莎.姑.系.噴.爹.喲.

---

這是什麼香味?

i geon mu seun hyang i e yo
**이건 무슨 향이에요?**
衣.勾.木.順.香.衣.也.喲.

---

給我看一下基礎化妝品。

gi cho hwa jang pu meur bo yeo ju se yo
**기초 화장품을 보여 주세요.**
給.求.化.張.普.門兒.普.喲.阻.誰.喲.

---

有哪些精華液呢?

et sen seu neun eo tteon ge i sseo yo
**엣센스는 어떤 게 있어요?**
耶.仙.司.能.喔.通.給.衣.手.喲.

---

BB 霜在哪裡?

BB keu ri meun eo di i sseo yo
**bb크림은 어디 있어요?**
逼.逼.苦.力.悶.喔.低.衣.手.喲.

有青春痘專用的嗎？

yeo deu reum jeo nyong i i sseo yo
**여드름 전용이 있어요?**
有.毒.樂母.怎用.衣.衣.手.喲.

---

很有人氣。

in gi ga i sseo yo
**인기가 있어요.**
音.幾.卡.衣.手.喲.

---

可以試用化妝品嗎？

hwa jang pu meur sseo bwa do doe na yo
**화장품을 써 봐도 되나요?**
化.張.碰.門兒.搜.拔.土.推.娜.喲.

---

我要五條口紅。

rip seu tig da seot gae ju se yo
**립스틱 다섯 개 주세요.**
力普.司.爹.打.手.給.阻.誰.喲.

---

試用品要多給我一點喔！

saem peu reur mani ju se yo
**샘플을 많이 주세요.**
現.普.魯.罵.你.阻.誰.喲.

---

尺寸合嗎？

jar ma ja yo
**잘 맞아요?**
又.馬.加.喲.

---

不夠寬。

po gi jo ba yo
**폭이 좁아요.**
普.幾.主.八.喲.

---

剛剛好。

ttag ma ja yo
**딱 맞아요.**
當.馬.加.喲.

---

這太小了一點。

i geon jom ja geun de yo
**이건 좀 작은데요.**
衣.滾.從.叉.滾.爹.喲.

---

再給我小一點的尺寸。

jom deo ja geun sa i jeu reur bo yeo ju se yo
**좀 더 작은 사이즈를 보여 주세요.**
從.透.叉.滾.莎.衣.子.魯.普.喲.阻.誰.喲.

這個尺寸有沒有
白色的。

i sa i jeu ro hin sae geop seo yo
**이 사이즈로 흰색 없어요?**
衣.莎.衣.子.樓.很.誰.勾.手.喲.

---

可以走一下嗎？

jom geo reo bwa do dwae yo
**좀 걸어 봐도 돼요?**
從.勾.樓.拔.土.腿.喲.

---

這是真皮的喔！

i geo seun jin jja ga ju gi e yo
**이것은 진짜 가죽이에요.**
衣.勾.順.親.恰.卡.豬.幾.也.喲.

---

這鞋子可以穿很
久喔！

i gu du neun o rae si neur su i sseo yo
**이 구두는 오래 신을 수 있어요.**
衣.姑.讀.能.喔.雷.心.奴.樹.衣.手.喲.

這寶石戒真可愛。

bo seog ban ji do cham ye ppeu ne yo
보석 반지도 참 예쁘네요.
衣.普.惜.胖.奇.土.槍.也.不.耐.喲.

---

可以給我看鑽戒嗎？

da i a ban ji jom bo yeo ju si ge sseo yo
다이아 반지 좀 보여 주시겠어요?
打.衣.阿.胖.奇.從.普.喲.阻.細.給.手.喲.

---

請告訴我誕生石。

tan saeng seo geur ga reu chyeo ju se yo
탄생석을 가르쳐 주세요.
誕.先.瘦.古兒.卡.路.秋.阻.誰.喲.

---

這個可以試戴一下嗎？

i geo kki eo bwa do doe na yo
이거 끼어 봐도 되나요?
衣.科.忌.喔.拔.土.腿.娜.喲.

---

這是 18K 金的嗎？

i geon sip pal geu mi e yo
이건 18금이에요?
衣.滾.細.八.滾.米.愛.喲.

這是幾克拉？

i geon myeot kae reo si jyo
이건 몇 캐럿이죠?
衣.滾.秒.給.樓.細.酒.

那是 3 克拉。

geu geon sam kae reo si e yo
그건 3캐럿이에요.
哭.滾.山母.給.樓.細.愛.喲.

這是真的還是假
的？

i geo jin jja ye yo mo jo pu mi e yo
이거 진짜예요? 모조품이에요?
衣.勾.親.恰.也.喲.某.抽.普.米.愛.喲.

這好像是假的。

i geon ga jja gat ne yo
이건 가짜 같네요.
衣.滾.卡.恰.咖.內.喲.

有小一號的嗎？

han chi su ja geun sa i jeu neun eop na yo
한 치수 작은 사이즈는 없나요?
韓.氣.樹.叉.滾.莎.衣.子.能.歐.娜.喲.

這是什麼泡菜呢？

i geon mu seun gim chi ye yo
**이건 무슨 김치에요?**
衣.滾.木.順.金母.氣.也.喲.

有白菜泡菜嗎？

be ju gim chi i sseo yo
**배주 김치 있어요?**
配.阻.金母.氣.衣.手.喲.

有不辣的嗎？

an me un geo si i sseo yo
**안 매운 것이 있어요.**
安.梅.運.勾.西.衣.手.喲.

我要泡得不太入味（入味）的。

deor (ma ni) i geun geo seu ro ju se yo
**덜(많이)익은 것으로 주세요.**
嘟.(馬.妮.)衣.滾.勾.思.樓.阻.誰.喲.

哪個最好吃？

mwo ga je ir ma si sseo yo
**뭐가 제일 맛있어요?**
某.卡.姊.憶兒.馬.西.手.喲.

這可以直接吃嗎？

i dae ro meo geur su i sseo yo
이대로 먹을 수 있어요?
衣.貼.樓.末.古.樹.衣.手.喲.

---

可以吃吃看嗎？

meo geo bor su i sseo yo
먹어 볼 수 있어요?
某.個.剖.樹.衣.手.喲.

---

可以試吃嗎？

si si kae bwa do dwae yo
시식해 봐도 돼요?
細.細.給.拔.土.腿.喲.

---

一公斤多少錢？

il kkil lo e eol ma ye yo
일킬로에 얼마예요?
憶兒.寄.樓.也.偶而.馬.也.喲.

---

各 300 公克幫我分裝起來。

sam baeg geu ram ssig po jang hae ju se yo
300그램씩 포장해 주세요.
三.倍.哭.郎.細.普.張.黑.阻.誰.喲.

多少錢呢？

eol ma ye yo
**얼마예요?**
偶而.馬.也.喲.

---

全部多少錢呢？

da hap chyeo seo eol ma ye yo
**다 합쳐서 얼마예요?**
打.哈普.秋.瘦.偶而.馬.也.喲.

---

這太貴了。

i geon neo mu bi ssa yo
**이건 너무 비싸요.**
衣.滾.弄.木.皮.沙.喲.

---

貴得嚇死人了？

neo mu bi ssa yo
**너무 비싸요.**
弄.木.皮.沙.喲.

---

算便宜一點啦！

ssa ge hae ju se yo
**싸게 해 주세요.**
殺.給.黑.阻.誰.喲.

我要買十個，算便宜一點。

yeol gae sal te ni kka ssa ge hae ju se yo
**열개 살테니까 싸게 해 주세요.**
友.給.沙兒.貼.尼.嘎.沙.給.黑.阻.誰.喲.

---

付現可以打幾折？

hyeon geu mi myeon eol ma na ha rin dwae yo
**현금이면 얼마나 할인돼요?**
玄.滾.衣.免.偶而.馬.娜.哈兒.音.腿.喲.

---

打八折。

i sip peo sen teu ha rin hae deu ril ge yo
**20% 할인해 드릴게요.**
易.細.婆.仙.特.哈兒.音.黑.的.立兒.給.喲.

---

那，我不要了。

geu reo myeon dwae sseo yo
**그러면 됐어요.**
哭.漏.免.堆.搜.喲.

---

有樣品嗎？

saem peu ri sseo yo
**샘플 있어요?**
現.普.衣.手.喲.

---

143

我買這個。

i geo sal kke yo
**이거 살께요.**
衣.勾.沙兒.給.喲.

---

給我這兩個，那一個。

i geo du gae ha go jeo geo ha na ju se yo
**이거 두개하고 저거 하나 주세요.**
衣.勾.讀.給.哈.姑.走.科.哈.娜.阻.誰.喲.

---

麻煩算帳。

gye san hae ju se yo
**계산해 주세요.**
給.傘.黑.阻.誰.喲.

---

32600 圜。

sam ma ni chen yuk bae gwon im ni da
**32,600원입니다.**
三.滿.易.餐.育苦.倍.鍋.伊.你.打.

---

收您四萬圜。

sa ma nwon ba dat seum ni da
**4만원 받았습니다.**
沙.滿.弄.爬.大.師母.你.大.

找您 7400 圓。

geo seu reum don chil chen sa bae gwon im ni da

거스름돈 7,400원입니다.

科.司.樂母.洞.七.餐.沙.倍.光.因.你.打.

---

您付現還是刷卡？

hyeon geu meu ro ji bul ha sir geo ye yo? a ni myeon ka deu se yo

현금으로 지불하실 거예요? 아니면 카드세요?

玄.古.木.樓.奇.普.哈.吸.哥.也.喲.阿.尼.免.卡.的.誰.喲.

---

我付現。

hyeon geu mi e yo

현금이에요.

玄.古.米.愛.喲.

---

請這裡簽名。

yeo gi e seo myeong hae ju se yo

여기에 서명해 주세요.

有.幾.耶.瘦.妙.黑.阻.誰.喲.

---

給您。這是找您的錢跟收據。

yeo gi yo geo seu reum don gwa yeong su jeung i e yo

여기요. 거스름돈과 영수증이에요.

有.幾.喔.科.司.樂母.洞.瓜.用.樹.增.伊.愛.喲.

| | |
|---|---|
| 可以幫我包成送禮的嗎？ | seon mur yong eu ro po jang hae ju si ge sseo yo<br>**선물용으로 포장해 주시겠어요?**<br>松.母兒.用.惡.樓.普.張.黑.阻.細.給.手.喲. |

| | |
|---|---|
| 送禮用的嗎？ | seon mur yong i se yo<br>**선물용이세요?**<br>松.母兒.用.衣.誰.喲. |

| | |
|---|---|
| 不，自己要用的。 | a ni e yo je ga sseur geo ye yo<br>**아니에요. 제가 쓸 거예요.**<br>阿.尼.耶.喲.姊.卡.思兒.勾.也.喲. |

| | |
|---|---|
| 是的，送禮用的。 | ne seon mur yong i e yo<br>**네. 선물용이에요.**<br>耐.松.母兒.用.衣.愛.喲. |

| | |
|---|---|
| 幫我個別包裝。 | gak gak da reun bong tu e neo eo ju se yo<br>**각각 다른 봉투에 넣어 주세요.**<br>卡.嘎.打.輪.恩.崩.凸.耶.挪.歐.阻.誰.喲. |

幫我放在一個大
袋子裡。

keun bong ji e neo eo ju se yo
큰 봉지에 넣어 주세요.
困.崩.奇.耶.諾.喔.阻.誰.喲.

---

這可以幫我寄到
台灣嗎？

i geo dae ma neu ro bo nae ju sir su i
sseo yo
이거 대만으로 보내 주실 수 있어요?
衣.科.貼.馬.呢.樓.普.內.阻.吸.樹.衣.手.喲.

---

運費要多少？

un song yo geu meun eol ma ye yo
운송 요금은 얼마예요?
運.鬆.喲.古.悶.偶而.馬.也.喲.

---

這可以維持幾天？

i geon eol ma na o rae ga yo
이건 얼마나 오래 가요?
衣.滾.偶而.馬.娜.喔.雷.卡.喲.

---

要花幾天？

myeo chir jeong do geol lyeo yo
며칠 정도 걸려요?
妙.妻兒.窮.土.勾.溜.喲.

我們來去唱卡拉OK 吧！

no rae bang e ga yo
**노래방에 가요.**
努.雷.胖.也.卡.喲.

---

基本費要多少？

gi bon yo geu mi eol ma ye yo
**기본요금이 얼마예요?**
給.本.喲.古.米.偶而.馬.也.喲.

---

要怎麼使用遙控器？

ri mo ko neun eo tteo ke sa yong hae yo
**리모콘은 어떻게 사용해요?**
里.某.庫.能.喔.透.客.沙.用.黑.喲.

---

有中文歌嗎？

jung gug no rae do i sseo yo
**중국 노래도 있어요?**
中.哭.努.雷.土.衣.手.喲.

---

我要點飲料。

eum ryo su ju mun hal ge yo
**음료수 주문할게요.**
恩.料.樹.阻.木.哈兒.給.喲.

要唱什麼歌呢？

mu seun no rae bu rue sil geo ye yo
**무슨 노래 부르실 거예요?**
木.順.努.雷.布.漏.吸.歌.也.喲.

---

接下來誰唱？

da eum cha rye neun nu gu ye yo
**다음 차례는 누구예요?**
打.恩.擦.劣.能.努.姑.也.喲.

---

唱得真好。

jar ha si ne yo
**잘 하시네요.**
差.拉.細.內.喲.

---

一起唱吧！

ga chi no rae hae yo
**같이 노래해요.**
尬.奇.努.雷.黑.喲.

---

可以延長嗎？

yeon jang har su i sseo yo
**연장 할 수 있어요?**
言.張.哈兒.樹.衣.手.喲.

| 給我看一下價目表。 | me nyu jom bo yeo ju se yo<br>**메뉴 좀 보여 주세요.**<br>梅.牛.從.普.喲.阻.誰.喲. |

| 有中文價目表或說明表嗎？ | jung gu geo ro doen me nyu na seol myeong seo ga i sseo yo<br>**중국어로 된 메뉴나 설명서가 있어요?**<br>中.姑.勾.樓.堆.梅.牛.娜.手.面.瘦.卡.衣.手.喲. |

| 給我看一下價目表。 | yo geum pyo jom bo yeo ju se yo<br>**요금표 좀 보여 주세요.**<br>喲.滾.票.從.普.喲.阻.誰.喲. |

| 有女按摩師嗎？ | yeo seong seu tae bi i sseo yo<br>**여성 스탭이 있어요.**<br>喲.松.司.貼.比.衣.手.喲. |

| 有什麼服務項目呢？ | eo tteon ko seu ga i sseo yo<br>**어떤 코스가 있어요?**<br>喔.洞.科.司.卡.衣.手.喲. |

我要去污垢。

ttae mir go si peo yo
**때밀고 싶어요.**
貼.密.姑.細.波.喲.

我想要臉部按摩。

eol gur ma sa ji ha go si peo yo
**얼굴 마사지하고 싶어요.**
偶而.骨.馬.莎.奇.哈.姑.系.波.喲.

我想按摩腳。

bar ma sa ji hae ju se yo
**발 마사지 해 주세요.**
拔.馬.莎.奇.黑.阻.誰.喲.

我要蘆薈敷臉。

al lo e paeg bu ta kae yo
**알로에팩 부탁해요.**
阿.樓.也.佩.樸.他.給.喲.

全身按摩要多少錢？

jeon sin ma sa ji eol ma ye yo
**전신 마사지 얼마예요?**
怎.心.馬.莎.奇.偶而.馬.也.喲.

請躺下來。

nu u se yo
**누우세요.**
努.屋.誰.喲.

請用趴的。

eop deu ri se yo
**엎드리세요.**
喔.的.里.誰.喲.

很痛。

a pa yo
**아파요.**
阿.怕.喲.

有一點痛。

jom a peun de yo
**좀 아픈데요.**
從.阿.噴.爹.喲.

有一點痛。

jom a pa yo
**좀 아파요.**
從.阿.怕.喲

我肌膚很弱。

pi bu ga ya kae yo
**피부가 약해요.**
匹.樸.卡.牙.給.喲.

請不要摸這裡。

yeo gi neun man ji ji ma ra ju se yo
**여기는 만지지 말아 주세요.**
由.幾.能.罵.奇.奇.馬.拉.阻.誰.喲.

請小力一點。

deo ya ka ge hae ju se yo
**더 약하게 해 주세요.**
透.牙.卡.給.黑.阻.誰.喲.

請大力一點。

deo se ge hae ju se yo
**더 세게 해 주세요.**
透.塞.給.黑.阻.誰.喲.

很舒服。

si won hae yo
**시원해요.**
細.旺.黑.喲.

# 41 坐電車玩遍韓國

---

**往釜山的是幾點？**

bu san ga neun yeol cha myeot si e i sseo yo

**부산 가는 열차 몇시에 있어요?**

樸.傘.卡.能.友.擦.免.細.也.衣.手.喲.

---

**客滿嗎？**

man seo gi e yo

**만석이에요?**

滿.瘦.幾.也.喲.

---

**幾點的列車有座位？**

myeot si yeol cha e ja ri ga i sseo yo

**몇시 열차에 자리가 있어요?**

免.細.友.擦.也.叉.里.卡.衣.手.喲.

---

**普通座位的。**

il ban seog ju se yo

**일반석 주세요.**

憶兒.胖.受.阻.誰.喲.

---

**幾號月台呢？**

myeot beon pl let po mi e yo

**몇 번 플렛폼 이에요?**

免.崩.普.雷.波.米.愛.喲.

中央線的搭乘處
在哪裡？

jung ang seon ta neun go si eo di ye yo
중앙선 타는 곳이 어디에요?
中.暗.松.她.能.勾.細.喔.低.也.喲.

---

這列車往大田嗎？

i yeol cha dae jeon kka ji ga yo
이 열차 대전까지 가요?
衣.歐兒.擦.貼.怎.嘎.奇.卡.喲.

---

請給我地鐵路線
圖。

ji ha cheol no seon do ju se yo
지하철 노선도 주세요.
奇.哈.球.努.松.土.阻.誰.喲.

---

在哪裡換車呢？

eo di seo ga ra ta yo
어디서 갈아타요?
喔.低.瘦.卡.拉.她.喲.

---

往公園的出口在
哪裡？

gong wo neu ro na ga neun cheul gu ga
eo di ye yo
공원으로 나가는 출구가 어디예요?
工.我.呢.樓.娜.卡.能.糧.姑.卡.喔.低.也.喲.

## 42 坐巴士遊大街小巷

---

仁川機場要怎麼走？

in cheon gong hang e eo tteo ke ga yo

**인천공항에 어떻게 가요?**

音.窮.工.航.愛.喔.透.客.卡.喲.

---

這公車往鐘路嗎？

i beo seu jong ro e ga yo

**이 버스 종로에 가요?**

衣.波.司.窮.樓.愛.卡.喲.

---

472 號巴士可以到喔！

sa bag chil si bi beon beo seu reur ta myeon dwae yo

**472번 버스를 타면 돼요.**

沙.倍.七.細.比.朋.波.司.魯.她.免.腿.喲.

---

往東大門的巴士要在哪裡搭乘？

dong dae mu ne ka neun beo seu neun eo di seo ta yo

**동대문에 가는 버스는 어디서 타요?**

同.貼.目.內.哥.能.波.司.能.喔.低.瘦.她.喲.

---

這裡可以坐嗎？

yeo gi an ja do dwae yo

**여기 앉아도 돼요?**

由.幾.安.叉.土.腿.喲.

---

往新村要在哪裡換車？

sin choo ne ga ryeo myeon eo di seo ga ra ta yo

**신촌에 가려면 어디서 갈아타요?**

心.求.內.哥.溜.免.喔.低.瘦.哥.拉.她.喲.

---

到了文井洞請告訴我。

mun jeong dong e do cha ka myeon al lyeo ju se yo

**문정동에 도착하면 알려 주세요.**

悶.窮.同.愛.土.擦.卡.免.阿兒.溜.阻.誰.喲.

---

首爾市政府要在哪裡下車？

seo ul si cheong eun eo di seo nae ryeo yo

**서울 시청은 어디서 내려요?**

首.爾.細.窮.運.喔.低.瘦.內.溜.喲.

---

請在鐘路 2 街下車。

jong ro i ga e seo nae ri myeon dwae yo

**종로2가에서 내리면 돼요.**

窮.樓.伊.卡.愛.瘦.內.里.免.腿.喲.

---

在這裡下車。

yeo gi seo nae ryeo yo

**여기서 내려요.**

由.幾.瘦.內.溜.喲.

---

計程車！

taek si
**택시 !**
特.細.

---

您要到哪裡？

eo di kka ji ga se yo
**어디까지 가세요?**
喔.低.嘎.奇.卡.誰.喲.

---

我到這裡。

yeo gi jom ga ju se yo
**여기 좀 가 주세요.**
由.幾.從.卡.阻.誰.喲.

---

我到仁川。

in cheon kka ji ga yo
**인천까지 가요.**
音.窮.嘎.奇.卡.喲.

---

要花多久時間？

eo neu jeong do geol lil kka yo
**어느 정도 걸릴까요?**
喔.呢.窮.土.勾.立兒.嘎.喲.

| | |
|---|---|
| 大約30分就可以到。 | sam sip bun jeong do myeon gar su i sseo yo<br>**30분 정도면 갈 수 있어요.**<br>三.細.噴.窮.土.免.卡.樹.衣.手.喲. |
| 麻煩快一點。 | ppa reun gil lo ga ju se yo<br>**빠른 길로 가 주세요.**<br>爸.輪恩.幾.樓.卡.阻.誰.喲. |
| 我在這裡下車。 | yeo gi seo nae ril ge yo<br>**여기서 내릴게요.**<br>由.幾.瘦.內.立.給.喲. |
| 請在這裡停車。 | yeo gi seo se wo ju se yo<br>**여기서 세워 주세요.**<br>由.幾.瘦.塞.我.阻.誰.喲. |
| 請在那個大樓前停。 | jeo bil ding a pe seo se wo ju se yo<br>**저 빌딩 앞에서 세워 주세요.**<br>走.比兒.定.阿.配.瘦.塞.我.阻.誰.喲. |
| 麻煩,幫我打開後車箱。 | teu reong keu jom yeo reo ju se yo<br>**트렁크 좀 열어 주세요.**<br>土.冷.苦.從.友.樓.阻.誰.喲. |

## 44 問路

---

公車站在哪裡？

beo seu jeong ryu jang i eo di ye yo
버스 정류장이 어디예요？
波.司.成.流.長.伊.喔.低.也.喲.

---

由蘇飯店在哪裡？

yu seu ho seu ter eun eo di ye yo
유스호스텔은 어디예요?
友.司.呼.司.貼.冷.喔.低.也.喲.

---

不好意思，我迷
路了。

sil lye hap ni da gir eur il eo sseo yo
실례합니다.길을 잃었어요.
吸.劣.哈.妮.打.幾.奴.衣.樓.手.喲.

---

（邊看地圖）我現
在在哪裡？

je ga ji geum it neun go si eo di ye yo
제가지금 있는 곳이 어디예요?
茄.嘎.七.滾.乙.能.勾.西.喔.低.也.喲.

---

請幫我指一下地
圖。

ji do e pyo si hae ju se yo
지도에 표시해 주세요.
奇.土.耶.票.細.黑.阻.誰.喲.

---

往哪一條路走好
呢？

eo neu gir ro ga ya hae yo
**어느 길로 가야 해요.**
喔.呢.幾.樓.卡.呀.黑.喲.

---

南邊是哪個方向
呢？

nam jjo gi eo di jyo
**남쪽이 어디죠?**
男.秋.幾.喔.低.酒

---

鞋店在哪裡呢？

gu du ga ge neun eo di ye yo
**구두 가게는 어디예요?**
姑.讀.卡.給.能.喔.低.也.喲.

---

要花多少時間？

eo neu jeong do geol lyeo yo
**어느 정도 걸려요?**
喔.呢.窮.土.勾.溜.喲.

---

大約 10 分鐘。

sib bun jeong do ye yo
**10분 정도 걸려요.**
細.噴.窮.毒.口.溜.喲.

可以看到那邊的大建築物嗎？

jeo gi keun geon mu ri bo i si jyo
저기 큰 건물이 보이시죠?
走.幾.困.肯.母.里.普.衣.細.酒.

那就是郵局。

geo gi ga u che gu gi e yo
거기가 우체국이에요.
勾.給.卡.屋.切.哭.幾.也.喲.

這條路直走，一直到紅綠燈的地方。

sin ho dueng i na or ttae kka ji i gi reur gye sog geo reo ga se yo
신호등이 나올 때까지 이 길을 계속 걸어가세요.
心.呼.頓.伊.娜.喔.貼.嘎.奇.衣.幾.路.給.收.勾.樓.卡.誰.喲.

直走，第二個紅綠燈左轉就看到了。

ttok ba ro ga da ga du beon jjae sin ho deung e seo oen jjo geu ro ga si myeon dwae yo
똑바로 가다가 두 번째 신호등에서 왼쪽으로 가시면 돼요.
投.爬.樓.卡.打.卡.讀.朋.賊.心.呼.頓.愛.瘦.孕.秋.古.樓.卡.細.免.腿.喲.

那邊那個建築物就是大學本館。

jeo gi bo i neun geon mu ri dae hag bon gwa ni e yo
저기 보이는 건물이 대학 본관이에요.
走.給.普.衣.能.幹.母.里.貼.哈.本.光.你.耶.喲.

有地圖嗎？

ji do ga ji go i sseo yo
**지도 가지고 있어요?**
奇.土.卡.奇.姑.衣.手.喲.

---

這是近路嗎？

i gi ri ji reum gi ri e yo
**이 길이 지름길이에요?**
衣.幾.里.奇.路.幾.里.愛.喲.

---

往左轉。

oen jjo geu ro ga ju se yo
**왼쪽으로 가 주세요.**
孕.秋.古.樓.卡.阻.誰.喲.

---

直走。

jjug ga se yo
**쭉 가세요.**
豬.卡.誰.喲.

---

你先找餐廳的位置。

re seu to rang eul meon jeo cha jeu se yo
**레스토랑을 먼저 찾으세요.**
淚.司.偷.郎.爾.門.走.擦.阻.誰.喲.

| 喂！ | |
|---|---|
| | yeo bo se yo<br>**여보세요.**<br>有.普.誰.喲. |

| 這是金美景老師的府上嗎？ | |
|---|---|
| | gim mi gyeong seon saeng nim dae gi e yo<br>**김미경 선생님 댁이에요?**<br>金母.米.宮.松.先.你母.貼.幾.也.喲. |

| 我叫李明書。 | |
|---|---|
| | i myeng su ra go ham ni da<br>**이명수라고 합니다.**<br>衣.妙.樹.拉.姑.哈.你.打. |

| 明智先生在嗎？ | |
|---|---|
| | myeng ji ssi gye se yo<br>**명지씨 계세요?**<br>妙.奇.西.給.誰.喲. |

| 是，在。 | |
|---|---|
| | ne i sseo yo<br>**네, 있어요.**<br>內.衣.手.喲. |

| 現在，您講電話方便嗎？ | ji geum tong hwa har su i sseo yo<br>**지금 통화할 수 있어요?**<br>奇.滾.痛.化.哈兒.樹.衣.手.喲. |

| 承蒙您的關照。 | su go ma neu se yo<br>**수고 많으세요.**<br>樹.姑.馬.呢.誰.喲. |

| 什麼時候回來呢？ | eon je deu reo o se yo<br>**언제 들어 오세요?**<br>喔.嗯.姊.都.樓.喔.誰.喲. |

| 我會再打電話。 | tto jeon hwa hal ge yo<br>**또 전화할게요.**<br>都.怎.男.哈兒.給.喲. |

| 那麼，再見了。 | geu reom i man kkeu neul ge yo<br>**그럼, 이만 끝을게요.**<br>哭.龍.衣.滿.滾.輪.給.喲. |

| | |
|---|---|
| 給我 450 圓的郵票。 | sa bae go si bwon jja ri u pyo ju se yo<br>**사백 오십원짜리 우표 주세요.**<br>莎.倍.夠.細.碰.恰.里.屋.票.阻.誰.喲. |

| | |
|---|---|
| 您信要寄到哪裡呢？ | eo di ro pyeon ji reur bo nae sil geo ye yo<br>**어디로 편지를 보내실 거예요?**<br>喔.低.樓.騙.奇.魯.普.內.吸.勾.也.喲. |

| | |
|---|---|
| 北京。 | be i jing eu ro bo nae ju se yo<br>**베이징으로 보내 주세요.**<br>北.衣.京.惡.樓.普.內.阻.誰.喲. |

| | |
|---|---|
| 有快捷信跟一般信。 | ppa reun u pyeon gwa il ban u pyeo ni i sseo yo<br>**빠른우편과 일반우편이 있어요.**<br>爸.輪.恩.屋.騙.瓜.憶兒.胖.屋.騙.你.衣.手.喲. |

| | |
|---|---|
| 我要寄航空信。 | hang gong pyeo neu ro bu ta kae yo<br>**항공편으로 부탁해요.**<br>航.工.騙.呢.樓.樸.他.給.喲. |

要花幾天？

myeo chir jeong do geol lyeo yo
**며칠 정도 걸려요?**
妙.妻兒.窮.土.勾.溜.喲.

---

到北京大約要花
五天。

be i jing kka ji o ir jeong do geol lyeo yo
**베이징까지 5일 정도 걸려요.**
北.衣.京.嘎.奇.喔.憶兒.窮.土.勾.溜.喲.

---

我想寄給朋友小
包裹。

chin gu e ge so po reur bu chi go si peun
de yo
**친구에게 소포를 부치고 싶은데요.**
親.姑.也.給.嫂.普.魯.樸.氣.姑.系.噴.爹.喲.

---

裡面是什麼？

eo tteon mul geo ni e yo
**어떤 물건이에요?**
喔.通.母兒.共.伊.也.喲.

---

包括箱子共
15000 圓。

sang ja ga gyeo geur po ham hae seo
ma no cheo nwo ni e yo
**상자 가격을 포함해서 만 오천원이
에요.**
賞.叉.卡.宮.古.普.哈母.黑.瘦.滿.奴.窮.樓.伊.也.喲.

---

給我止痛藥。

jin tong je reur ju se yo
**진통제를 주세요.**
親.痛.姊.魯.阻.誰.喲.

---

給我感冒藥。

gam gi ya geur ju se yo
**감기약을 주세요.**
卡母.給.牙.古.阻.誰.喲.

---

給我處方箋的藥。

cheo bang jeo ne ya geur ju se yo
**처방전의 약을 주세요.**
秋.胖.怎.內.牙.古.阻.誰.喲.

---

被蟲叮到了。

beol le e mul lyeo sseo yo
**벌레에 물렸어요.**
波.淚.也.母兒.留.手.喲.

---

有流鼻水。

kot mu ri na neun de yo
**콧물이 나는데요.**
扣.母.里.娜.能.爹.喲.

好像吃壞肚子了。

jal mot meo geun geot ga ta yo
잘 못 먹은 것 같아요.
菜兒.摸.末.滾.勾.卡.打.喲.

給我跟這個一樣
的藥。

i geo ha go ga teun ya geur ju se yo
이거하고 같은 약을 주세요.
衣.科.哈.姑.卡.盾.牙.古.阻.誰.喲.

給我不要太強的
藥。

do ka ji an eun geol lo ju se yo
독하지 않은 걸로 주세요.
土.卡.奇.安.運.勾.樓.阻.誰.喲.

這藥要怎麼吃呢？

eo tteo ke meo geu myeon dwae yo
어떻게 먹으면 돼요?
喔.透.客.末.古.免.腿.喲.

現在吃可以嗎？

ji geum meo geo do dwae yo
지금 먹어도 돼요?
奇.滾.末.勾.土.腿.喲.

我感冒了。

gam gi deu reo sseo yo
**감기 들었어요.**
<u>卡母</u>.幾.都.樓.手.喲.

---

咳嗽得很厲害。

gi chi mi sim hae yo
**기침이 심해요.**
幾.七.米.心.黑.喲.

---

喉嚨痛。

mo gi a pa yo
**목이 아파요.**
母.幾.阿.怕.喲.

---

一直流鼻水。

kot mu ri sim hae yo
**콧물이 심해요.**
扣.木.里.心.黑.喲.

---

身體的關節會痛。

on mo mi ssu syeo yo
**온몸이 쑤셔요.**
翁.母.米.書.羞.喲.

身體有發燒。

mo me seo yeo ri na yo
**몸에서 열이 나요.**
母.梅.瘦.友.里.娜.喲.

---

感到很疲倦。

pi ro reur neu kkyeo yo
**피로를 느껴요.**
匹.樓.魯.呢.橋.喲.

---

會頭暈目眩。

eo ji reo wo yo
**어지러워요.**
喔.奇.漏.我.喲.

---

身體感到倦怠。

mo mi na reun hae yo
**몸이 나른해요.**
母.米.娜.輪.恩.黑.喲.

---

沒有食慾。

si gyo gi eop seo yo
**식욕이 없어요.**
細.叫.幾.歐普.瘦.喲.

| | |
|---|---|
| 連續瀉了三天。 | seol sa ga sa mil dong an gye sok doe go i sseo yo<br>**설사가 삼일동안 계속되고 있어요.**<br>收.莎.卡.山.蜜.同.安.給.收.對.姑.衣.手.喲. |

| | |
|---|---|
| 感到噁心。 | so gi me seu kkeo wo yo<br>**속이 메스꺼워요.**<br>嫂.幾.梅.司.哥.我.喲. |

| | |
|---|---|
| 肚子痛。 | bae ga a pa yo<br>**배가 아파요.**<br>配.卡.阿.怕.喲. |

| | |
|---|---|
| 瀉肚子。 | seol sa hae yo<br>**설사해요.**<br>收.莎.黑.喲. |

| | |
|---|---|
| 給我胃藥。 | wi jang ya geur ju se yo<br>**위장약을 주세요.**<br>位.張.牙.古.阻.誰.喲. |

腳踝扭傷了。

bal mo geur ppi eo sseo yo
**발목을 삐었어요.**
爬.母.古.畢.喔.手.喲.

好像骨折了。

ppyeo ga bu reo jin geot ga ta yo
**뼈가 부러진 것 같아요.**
表.卡.樸.拉.親.勾.卡.打.喲.

有過敏體質。

eum si ge al le reu gi ga i sseo yo
**음식에 알레르기가 있어요.**
恩.西.給.阿兒.淚.路.給.卡.衣.手.喲.

吃什麼都沒關係。

mwo deun ji meo geo do gwaen cha na yo
**뭐든지 먹어도 괜찮아요.**
某.吞.奇.末.勾.土.跪.擦.那.喲.

請給我診斷書。

jin dan seo reur sseo ju se yo
**진단서를 써 주세요.**
親.蛋.瘦.入.色.阻.誰.喲.

---

手提包不見了。

ga bang eur i reo sseo yo
**가방을 잃었어요.**
卡.胖.屋.一.漏.手.喲.

---

錢包被扒走了。

ji ga beur so mae chi gi dang hae sseo yo
**지갑을 소매치기 당했어요.**
幾.甲.布兒.嫂.每.氣.幾.當.黑.手.喲.

---

錢包掉了。

ji ga beur i reo beo ryeo sseo yo
**지갑을 잃어버렸어요.**
幾.卡.布兒.一.樓.波.留.手.喲.

---

裡面有護照跟機票。

yeo gwon ha go hang gong gwo ni deu reo i sseo yo
**여권하고 항공권이 들어 있어요.**
喲.管.哈.姑.航.工.管.衣.土.樓.衣.手.喲.

---

請填寫盜難證明書。

do nan jeung myeong seo reur sseo ju se yo
**도난 증명서를 써 주세요.**
土.難.增.妙.瘦.入.收.阻.誰.喲.

請跟大使館聯繫。

dae sa gwa ne yeon ra kae ju se yo
대사관에 연락해 주세요.
貼.莎.光.內.用恩.拉.給.阻.誰.喲.

再次發行的手續
要怎麼辦理？

jae bal haeng su so geun eo tteo ke hae yo
재발행 수속은 어떻게 해요?
切.拔.狠.樹.收.滾.喔.豆.客.黑.喲.

一找到再麻煩打
電話到飯店。

chat neun dae ro ho te re yeon rak ju se yo
찾는대로 호텔에 연락 주세요.
餐.能.貼.樓.呼.貼.累.用恩.拉.阻.誰.喲.

請告訴我姓名跟
住址。

i reum gwa ju so reur al lyeo ju se yo
이름과 주소를 알려 주세요.
衣.樂母.瓜.阻.嫂.入.阿兒.溜.阻.誰.喲.

站住！小偷！

geo gi seo do du gi ya
**거기 서! 도둑이야!**
科.給.瘦.土.毒.幾.呀.

---

救命啊！

do wa ju se yo
**도와 주세요!**
土.娃.阻.誰.喲.

---

危險！

wi heom hae yo
**위험해요!**
為.喝.美.喲.

---

放手！

nwa ju se yo
**놔 주세요.**
奴.娃.阻.誰.喲.

---

我叫警察喔！

gyeong char bu reul geo ye yo
**경찰 부를 거예요.**
孔.恩.差.樸.入.哥.也.喲.

幫幫我！

do wa ju se yo
**도와 주세요.**
土.娃.阻.誰.喲.

---

很緊急。

geu pae yo
**급해요.**
哭.配.喲.

---

我受傷了。

da chyeo sseo yo
**다쳤어요.**
踏.秋.手.喲.

---

幫我叫救護車。

gu geup cha reur bul leo ju se yo
**구급차를 불러 주세요.**
姑.苦.擦.入.普.漏.阻.誰.喲.

---

幫我叫醫生。

ui sa bul leo ju se yo
**의사 불러 주세요**
<u>烏衣</u>.莎.普.漏.阻.誰.喲.

| 給我看一下護照跟機票。 | yeo gwon gwa hang gong gwo neur bo yeo ju se yo<br>**여권과 항공권을 보여 주세요.**<br>唷.管.瓜.航.工.國.奴.普.唷.阻.誰.唷. |

| 好的，請。 | ne yeo gi i sseo yo<br>**네, 여기 있어요.**<br>內.由.幾.衣.手.唷. |

| 您要什麼樣的座位？ | eo neu jwa seo geu ro deu ril kka yo<br>**어느 좌석으로 드릴까요?**<br>喔.呢.抓.瘦.古.樓.的.立兒.嘎.唷. |

| 我要靠窗的座位。 | chang ga jjog jwa seo geu ro ju se yo<br>**창가 쪽 좌석으로 주세요.**<br>搶.卡.秋.抓.瘦.古.樓.阻.誰.唷. |

| 行李有要托運的嗎？ | bu chir ji mi i sseu se yo<br>**부칠 짐이 있으세요?**<br>樸.妻兒.吉.米.衣.色.誰.唷. |

有的，有兩個包
包。

ne ga bang i du gae i sseo yo
**네, 가방이 두 개 있어요.**
內.卡.胖.衣.讀.給.衣.手.喲.

---

請放在這裡。

yeo gi e ol lyeo no eu se yo
**여기에 올려 놓으세요.**
由.幾.也.喔.溜.奴.巫.誰.喲.

---

裡面有沒有危險
物品？

hok si wi heom han mul geo ni deu reo i
sseo yo
**혹시 위험한 물건이 들어 있어요?**
呼.細.為.喝.慢.母兒.勾.你.土.樓.衣.手.喲.

---

沒有，只有衣服
跟書。

a ni yo ot gwa chae gi deu reo i sseo yo
**아니요. 옷과 책이 들어 있어요.**
阿.尼.喲.烏特.瓜.切.幾.土.樓.衣.手.喲.

179

## 54 依依不捨

---

掰掰啦！

geu reom jal ga yo
**그럼, 잘 가요.**
哭.隆.採.卡.喲.

---

請，回國小心。

jo sim hae seo ga se yo
**조심해서 가세요.**
主.心.黑.瘦.卡.誰.喲.

---

一切順利喔！

ja ri sseo
**잘 있어요.**
叉.里.手.喲.

---

一定要再見面喔！

kkog da si man na yo
**다시 꼭 만나요.**
勾.踏.細.滿.娜.喲.

---

離別真叫人傷心啊！

he eo ji neun ge ma eu mi a peu gun yo
**헤어지는 게 마음이 아프군요.**
黑.喔.奇.能.給.馬.恩.米.阿.普.滾.牛.

我不會忘記你的。

dang si neul jeol dae it ji a neul ge yo
**당신을 절대 잊지 않을게요.**
當.心.奴.切.貼.衣.幾.安.奴.給.喲.

還要再來玩喔。

tto nol leo wa yo
**또 놀러 와요.**
都.奴.漏.娃.喲.

期待下回再見面喔。

da si man nar na reur gi dae hal ge yo
**다시 만날 날을 기대할게요.**
打.細.罵.那.拿.路.奇.貼.哈兒.給.喲.

到目前為止，感謝您的照顧了。

ji geum kka ji go ma wo sseo yo
**지금까지 고마웠어요.**
奇.滾.嘎.奇.姑.馬.我.手.喲.

謝謝您的關照了。

ma neun do u meur ba da sseo yo
**많은 도움을 받았어요.**
滿.嫩.土.雲.牧.爬.打.手.喲.

## MEMO

附 錄

# 生活必備
# 單字

| 0 | 一 | 二 | 三 | 四 |
|---|---|---|---|---|
| 空 | 憶兒 | 伊 | 山母 | 沙 |
| 공 | 일 | 이 | 삼 | 사 |
| kong | il | i | sam | sa |

| 五 | 六 | 七 | 八 | 九 |
|---|---|---|---|---|
| 喔 | 育苦 | 妻兒 | 帕兒 | 姑 |
| 오 | 육 | 칠 | 팔 | 구 |
| o | yuk | chil | pal | ku |

| 十 | 十一 | 十二 | 二十 | 三十 |
|---|---|---|---|---|
| 細 | 細.比兒 | 細.比 | 伊.細 | 三母.細 |
| 십 | 십일 | 십이 | 이십 | 삼십 |
| sip | si.pil | si.pi | i.sib | sam.sip |

| 百 | 千 | 萬 | 十萬 | 百萬 |
|---|---|---|---|---|
| 陪哭 | 餐 | 滿 | 新.滿 | 篇.滿 |
| 백 | 천 | 만 | 십만 | 백만 |
| paek | cheon | man | sip.man | baeng.man |

| 千萬 | 億 | ～圜（韓幣單位） |
|---|---|---|
| 餐．滿 | 歐哭 | ～旺 |
| 천만 | 억 | ～ 원 |
| cheon.man | eok | won |

## 數字—固有詞 02

| 1 | 2 | 3 | 4 | 5 |
|---|---|---|---|---|
| 哈．娜．(憨) | 兔耳．(禿) | 色樸．(誰) | 呢特．(內) | 打．手特 |
| 하나．(한) | 둘．(두) | 셋．(세) | 넷．(네) | 다섯 |
| ha.na(han) | tul(tu) | set(se) | net(ne) | ta.seot |

| 6 | 7 | 8 | 9 | 10 |
|---|---|---|---|---|
| 有手 | 憶兒．哥撲 | 有．哪兒 | 阿．候補 | 有兒 |
| 여섯 | 일곱 | 여덟 | 아홉 | 열 |
| yeo.seot | il.gop | yeo.deol | a.hop | yeol |

| ～位 | ～個 | ～瓶 | ～杯 | ～張 |
|---|---|---|---|---|
| ～妙 | ～給 | ～蘋 | ～餐 | ～張 |
| ～명 | ～개 | ～병 | ～잔 | ～장 |
| myeong | kae | pyeong | jan | jang |
| ～台 | ～袋 | 1 杯 | 2 個 | |
| ～貼 | ～崩．幾 | 憨．展 | 禿．給 | |
| ～대 | ～봉지 | 한잔 | 두개 | |
| tae | pong.ji | han.jan | tu.kae | |

| 1 點 | 2 點 | 3 點 | 4 點 | 5 點 |
|---|---|---|---|---|
| 憨．細 | 禿．細 | 誰．細 | 內．細 | 打．手．細 |
| 한시 | 두시 | 세시 | 네시 | 다섯시 |
| han.si | tu.si | se.si | ne.si | ta.seot.si |

| 6點 | 7點 | 8點 | 9點 | 10點 |
|---|---|---|---|---|
| 有.手.細 | 衣兒.夠.細 | 有.朵兒.細 | 阿.候補.細 | 友.細 |
| 여섯시 | 일곱시 | 여덟시 | 아홉시 | 열시 |
| *yeo.seot.si* | *il.gop.si* | *yeo.deol.si* | *a.hop.si* | *yeol.si* |

| 11點 | 12點 |
|---|---|
| 友.憨.細 | 友.土.細 |
| 열한시 | 열두시 |
| *yeo.ran.si* | *yeol.tu.si* |

| 1日 | 2日 | 3日 | 4日 | 5日 |
|---|---|---|---|---|
| 伊.力兒 | 伊.憶兒 | 沙.蜜兒 | 沙.憶兒 | 喔.憶兒 |
| 일일 | 이일 | 삼일 | 사일 | 오일 |
| *ir.il* | *i.il* | *sa.mil* | *sa.il* | *o.il* |

| | | | | |
|---|---|---|---|---|
| **6日**<br><br>又．給兒<br><br>육일<br><br>*yu.gil* | **7日**<br><br>七．立兒<br><br>칠일<br><br>*chi.ril* | **8日**<br><br>八．立兒<br><br>팔일<br><br>*par.il* | **9日**<br><br>姑．憶兒<br><br>구일<br><br>*ku.il* | **10日**<br><br>細．比兒<br><br>십일<br><br>*si.bil* |
| **11日**<br><br>細．逼．立兒<br><br>십일일<br><br>*si.bi.lil* | **12日**<br><br>細．比．憶兒<br><br>십이일<br><br>*si.bi.il* | **13日**<br><br>細普．沙．蜜兒<br><br>십삼일<br><br>*sip.sa.mil* | **14日**<br><br>細普．沙．憶兒<br><br>십사일<br><br>*sip.sa.il* | **15日**<br><br>細．伯．憶兒<br><br>십오일<br><br>*si.bo.il* |
| **16日**<br><br>心．牛．給兒<br><br>십육일<br><br>*sib.yug.il* | **17日**<br><br>細．七．力兒<br><br>십칠일<br><br>*sip.chi.ril* | **18日**<br><br>細．八．力兒<br><br>십팔일<br><br>*sip.pa.ril* | **19日**<br><br>細．姑．憶兒<br><br>십구일<br><br>*sip.gu.il* | **20日**<br><br>伊．細．比兒<br><br>이십일<br><br>*i.si.bil* |
| **21日**<br><br>伊．細．逼．力兒<br><br>이십일일<br><br>*i.sib.ir.il* | **22日**<br><br>伊．細．比．憶兒<br><br>이십이일<br><br>*i.si.bi.il* | **23日**<br><br>伊．細．沙．密兒<br><br>이십심일<br><br>*i.sip.sa.mil* | **24日**<br><br>伊．細．沙．憶兒<br><br>이십사일<br><br>*i.sip.sa.il* | |

| | | | | |
|---|---|---|---|---|
| **1月**<br><br>衣.<u>弱兒</u><br><br>일월<br>*i.rwol* | **2月**<br><br>伊.<u>我兒</u><br><br>이월<br>*i.wol* | **3月**<br><br><u>山母</u>.<u>我兒</u><br><br>삼월<br>*sa.mwol* | **4月**<br><br>沙.<u>我兒</u><br><br>사월<br>*sa.wol* | **5月**<br><br>喔.<u>我兒</u><br><br>오월<br>*o.wol* |
| **6月**<br><br>有.<u>我兒</u><br><br>유월<br>*yu.wol* | **7月**<br><br>欺.<u>弱兒</u><br><br>칠월<br>*chir.wol* | **8月**<br><br>怕.<u>弱兒</u><br><br>팔월<br>*par.wol* | **9月**<br><br>苦.<u>我兒</u><br><br>구월<br>*ku.wol* | **10月**<br><br>思.<u>我兒</u><br><br>시월<br>*si.wol* |
| **11月**<br><br>西.逼.<u>弱兒</u><br><br>십일월<br>*si.bi.rwol* | **12月**<br><br>西.比.<u>我兒</u><br><br>십이월<br>*si.bi.wol* | | | |

| 早晨，早餐 | 中午，午餐 | 傍晚，晚餐 | 上午 | 下午 |
|---|---|---|---|---|
| 阿.七母 | 從母.思母 | 走.生哭 | 喔.怎 | 喔.呼 |
| 아침 | 점심 | 저녁 | 오전 | 오후 |
| *a.chim* | *jeom.sim* | *jeo.nyeok* | *o.jeon* | *o.hu* |
| 夜晚 | 深夜 | 今天 | 昨天 | 前天 |
| 帕母 | 師母.雅 | 喔.呢耳 | 喔.借 | 哭.借 |
| 밤 | 심야 | 오늘 | 어제 | 그제 |
| *pam* | *si.mya* | *o.neul* | *eo.je* | *geu.je* |
| 明天 | 明後天 | 每天 | 上個月 | 這個月 |
| 內.憶兒 | 母.淚 | 每.憶兒 | 奇.難.太耳 | 伊.朋.太耳 |
| 내일 | 모레 | 매일 | 지난달 | 이번달 |
| *nae.il* | *mo.re* | *mae.il* | *ji.nan.dal* | *i.beon.tal* |
| 下個月 | 下下個月 | 週末 | 平日 | 假日 |
| 打.恩母.太耳 | 打.打.恩母.太耳 | 阻.罵兒 | 平.憶兒 | 休.憶兒 |
| 다음달 | 다다음달 | 주말 | 평일 | 휴일 |
| *ta.eum.tal* | *ta.ta.eum.tal* | *ju.mal* | *pyeong.il* | *hyu.il* |

| 今年 | 去年 | 明年 | 後年 | 連休 |
|---|---|---|---|---|
| 喔.累 | 強.牛 | 內.牛 | 內.呼.牛 | 言.休 |
| 올해 | 작년 | 내년 | 내후년 | 연휴 |
| *ol.hae* | *jang.nyeon* | *nae.nyeon* | *nae.hu.nyeon* | *yeo.nyu* |
| 暑假 | 元旦 | 春 | 夏 | 秋 |
| 有.樂母.休.哥 | 手.拉 | 撥 | 有.樂母 | 卡.無兒 |
| 여름휴가 | 설날 | 봄 | 여름 | 가을 |
| *yeo.reum.hyu.ga* | *seol.nal* | *pom* | *yeo.reum* | *ka.eul* |
| 冬 | | | | |
| 橋.無兒 | | | | |
| 겨울 | | | | |
| *kyeo.ul* | | | | |

中韓朗讀版

# 溜韓語 中文就行啦

嘻玩韓語【02】

著　　者──金龍範 著

發 行 人──林德勝

出 版 者──山田社文化事業有限公司

地　　址──臺北市大安區安和路 112 巷 17 號 7 樓

電　　話── 02-2755-7622

傳　　真── 02-2700-1887

劃撥帳號── 19867160 號　大原文化事業有限公司

經 銷 商──聯合發行股份有限公司

地　　址──新北市新店區寶橋路 235 巷 6 弄 6 號 2 樓

電　　話── 02-2917-8022

傳　　真── 02-2915-6275

印　　刷──上鎰數位科技印刷有限公司

法律顧問──林長振法律事務所林長振律師

初　　版── 2014 年 11 月

────────────────────────────

書＋MP3 ──新台幣 210 元